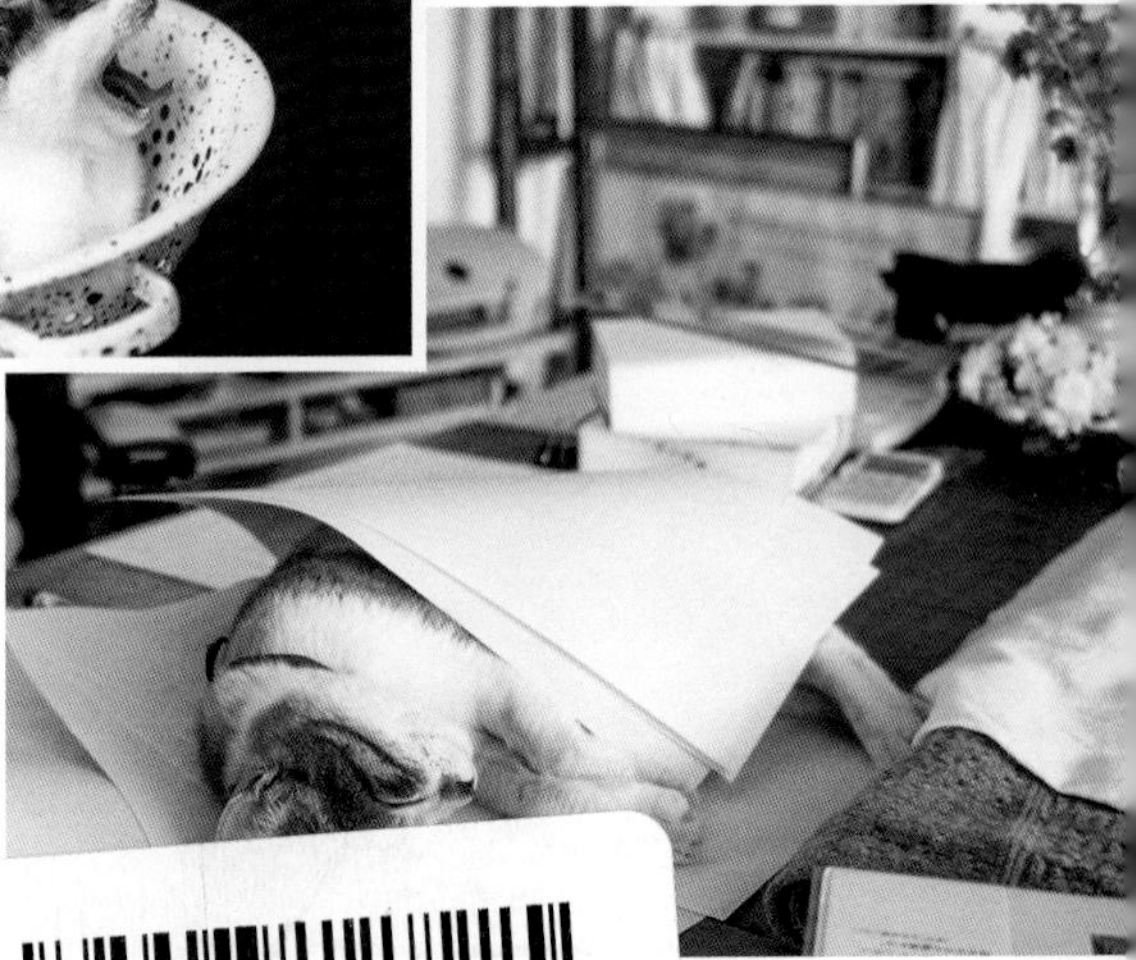
JN030111

晴れときどき猫背　そして、もみじへ

村山由佳

集英社文庫

目次

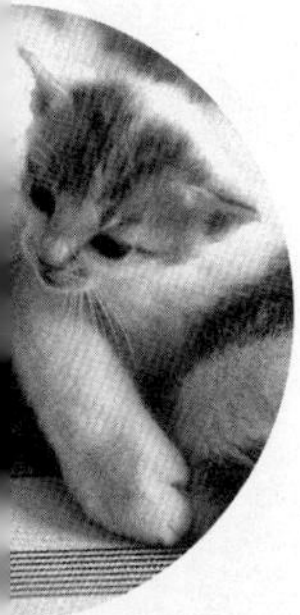

晴れときどき猫背そして、もみじへ

まえがき　～再版に寄せて

今から十年後、二十年後に自分がどこで何をしているか、想像がつくという人はいるのだろうか。

昨年三月に今生《こんじょう》を旅立った愛猫〈もみじ〉が、約十八年前、南房総《みなみぼうそう》の鴨川《かもがわ》に生を享けた頃、私は最初の旦那さんと暮らしていて、穏やかな田舎暮らしを満喫していた。あれほど仲良しだったはずのその人と、やがて別々の道をゆくことになろうなどとは予想もしていなかった。

当時出版されたこのエッセイを今になって読み返すと、蘇《よみがえ》る思い出の渦にあちこちで胸が詰まる。

それでもなお、この作品を改訂版、完全版といったような形でもう一度残しておきたいと思ったのは、一にも二にももみじのためだ。正確には、もみじのすべてを皆さんの記憶にとどめてもらうため、というべきかもしれない。

生まれた頃はあんなに小さくてひ弱で、怖がりで偏屈で私にしか心を開かなかった彼女が、なんと十七年と十か月もの長きにわたって元気に生きてくれたばかりか、これほどたくさんのひとたちから愛され、惜しまれつつ世を去ることになるなんて……いまだに信じられない思いでいる。

ＷＥＢ連載から本になった『猫がいなけりゃ息もできない』と『もみじの言いぶん』、あるいはＮＨＫの番組「ネコメンタリー　猫も、杓子《しやくし》も。」やそのＤＶＤ、そこから派生して一冊にまとめられた『もの書く人のかたわらには、いつも猫がいた』……。

それらを通じてもみじの存在を知り、彼女を好きになって下さった皆さんの多くが、「もみちゃんの子猫の頃のことを読みたい」と望んで下さったおかげで、この『晴れときどき猫背』の再出版は叶った。

とはいえ、当時の内容そのままでは混乱や誤解を招くかもしれないし、古びてしまった部分も、更新されたあれこれもある。十八年の間には、私にももみじにも、それはもうさまざまな変化があった。そこで、おなじみ担当Ｔ嬢と懸命に頭を絞り、章末にたっぷり注釈をつけてはどうだろう、ということになった。

二〇〇二年版をすでにご存じの皆さんにも、今また別の角度からもっと深く楽しんで頂ければ――そして、あのイケズで文句たれの三毛猫を偲《しの》んで頂ければ――彼女の永遠の下僕《げぼく》としてこんなに嬉《うれ》しいことはない。

二〇一九年　青紅葉の頃に

村山由佳

seabreeze
from
kamogawa 2
晴れ
ときどき
猫背
村山由佳
yuka murayama
集英社

『晴れ ときどき猫背』

はじめに

〈村山さんちでは、ふつうなら一年かかって起こるような出来事が一か月で起こる〉

生きものたちとの田舎暮らしをめぐるこのエッセイ[*1]が雑誌『ＬＥＥ』に連載されていたとき、読者の方が寄せて下さった感想のひとつです。

でも。言い訳させてもらうならば、じつは〈村山さんち〉にとっても、この二、三年の間ほど人生が劇的に変化したことはありませんでした。——まあ、いまだにそれが続いているのですけれど。

思えば、連載が始まった当初は、猫好きではない読者の方たちからシビアなメッセージが寄せられたりもしたものでした。

〈どうしてよりによって猫の話なんですか？　ぜんぜん興味が持てません〉

〈もっと万人が楽しめる話題にして下さい〉

が、半年ほどたった頃からでしょうか。寄せられるお便りの色合いが、前とは少しずつ変わってきたのです。

〈猫はいまだに好きになれませんが、村山さんちが次にいったい何をやらかすのか楽しみです〉

〈村山さんと動物たちとの関係に、自分と子どものことを重ね合わせて読んでいます〉

もともと、いわゆる「猫エッセイ」を書いているつもりのなかった私にとって、それらは何より嬉しい変化でした。

〈言葉〉という道具《ツール》は、私たちが考えている以上に不完全で、不充分で、ほんとうに伝えたい気持ちほどなかなかうまく伝わらない、なんてことが世の中にはままあるものですけれど、時として、自分の伝えたかった思いをこんなふうにゆったりと受け止めてもらえる幸運に出会うと、とてもとてもシンプルに思います。ああ、言葉をつむぐ仕事を続けてきてよかった、と。*2

ちなみに、「猫エッセイ」ではないなら何を書いたつもりなのか、と訊《き》かれると、正直、ひとことでうまく説明できる自信はありません。ただ、物言わぬ彼ら——私たちよりもずっとか弱いくせに、きっちりと自己主張してくる命たち——と、ひょんなことから一緒に暮らすようになり、喜びを与えてもらえる代わりに責任も背負うことになり、毎日は以前より少し窮屈になり、でも確実に鮮やかになり……そうして、お互いにとっていちばん心地よい距離を手さぐりしながら、何か目には見えないものをやり取りし積みあげていく日々の中で、初めて見えてきたもの、気づかされたことは、しみじみとたくさんあった気がします。

そのうちのいくつかは、たぶん、人と猫だけに当てはまることではないのでしょう。

ともあれ――。

子どものいない私と相方[*3]（大の猫好き&大の猫ギライという悲惨な取り合わせ）のもとへ、あるとき双子のチビ猫が迷い込んできたのをきっかけに、私たちは、自分でも予想すらしていなかった道へと足を踏み入れることになってしまったのでした。いえ、正確にはその双子の片割れの〈死〉をきっかけに、というべきでしょうか。

「風が吹けば桶《おけ》屋が儲《もう》かる」ではないけれど、遺されたたった一匹の子猫が発端となって、事態はどんどん思ってもみなかったほうへと転がり続け、そのつど泥縄式にあたふたと対処するうち、しまいには、増え続けるさまざまな動物たちのために引っ越しを決めてしまったばかりか、なんと！　誌上で我が家を売りに出すという暴挙に！

まったく、なんちゅう行き当たりばったりの生き方じゃ、と自分でも思います。

でも、しょうがないです。何しろ座右の銘と決めている二つが、

『人生あみだくじ』

と、

『晴れときどき猫背』
ですから[*4]。
そのココロは――。
このあと、じっくりと。

＊1　田舎暮らしのエッセイはこれが第二弾。第一弾は、今はなき『ＴＡＮＴＯ』という料理雑誌に連載、のちに単行本化された『海風通信　カモガワ開拓日記』だった。
＊2　えらそうに言っているがこの時まだ、作家生活七年目くらいだった。
＊3　『猫がいなけりゃ息もできない』（以後『ねこいき』）以降は、「旦那さん一号」と呼ばれることに。本当に申し訳ない。
＊4　今では四つに増えた。あとの二つは、「命とられるわけじゃない」と、「ま、いっか」。

『我が家に〈真珠〉がやってきた！』の巻

……こんなオトコ、今に別れてやる。

私が最初にそう思ったのは、結婚して間もないある日、夫のM氏がこう言った時だった。

「俺といる限り、猫はあきらめな」[*5]

その瞬間のショックを、どう言えばいいだろう。目の前が暗くなるなんてものじゃなかった。この先の人生そのものが真っ暗になる思いがした。何しろ、生まれてこのかた結婚するまでの二十五年間、私は「家に猫がいない」という状態をほとんど経験したことがなかったのだ。が、なんでも彼のほうは、子どものころ可愛がっていた鳩《はと》を野良猫に獲られて以来、猫と見れば反射的に殺意（！）さえ覚えるようになったという。いわゆるひとつのトラウマというやつである。

だからって――だからって、この私に猫をあきらめろ？

あまりの衝撃に口もきけずにいると、彼はさらにこう宣《のたま》った。

「猫なんかよりさあ、犬にしなよ。犬ならそのうち飼っていいよ。な？」

たぶん、彼としては慰めたつもりだったのだろう。けれどその時私は、底なしの絶望とともにこう思ったのだった。

〈このヒト……なんにもわかってない〉

誤解のないように言っておくと、私は犬だって大好きだ。でも、これぱかりはそういう問題ではないんである。ある種の人間にとって〈猫〉という存在は、どうしても必要で、ほかの何かでは決して代えのきかない、特別の、唯一のものなのだ。ちょうど、ライナスの毛布みたいに。

〈猫たちの睡眠は、初恋と同じほどひたむきだ〉

と言ったのは、フランスの作家ジャン・グルニエだ。[*6]

生まれてからの二十年間を、私は東京の西武池袋線沿線で暮らしていた。家があったのは、大泉《おおいずみ》学園と石神井《しゃくじい》公園のちょうど中間くらいのところだった。

今でこそ瀟洒《しょうしゃ》な家々が立ち並ぶ高級住宅地だけれど、私が生まれた当時の練馬《ねりま》区はけっこうな田舎で、あちこちにキャベツ畑が広がり、森があり、沼があり、広い原っぱがあり、車の走る通りから一歩脇へ入ればそこは砂利さえ敷かれていない泥の道だった。

そして板塀に囲まれた我が家には、いつも猫がいた。

いちばん古い記憶にある猫は、名前を〈チーコ〉といった。[*7]

チーコがいなくなった晩のことは今でもかすかに覚えている。私はたしか、三つか四つだった。母は何度も外へ出ては、家の前の真っ暗な竹やぶ沿いに、帰ってこないチーコを捜し歩いた。暗がりが怖くて玄関の明かりの届く範囲から踏み出せないでいる私の耳に、ずいぶん遠くから「チーコォー、チーコやぁー」と呼ぶ母の声が聞こえていた。

猫は、死期を悟ると自分から姿を隠すという。チーコもたぶんそうだったのだろう。死ぬところを私たちに見せまいとして、たったひとりで夜の底をどこまで歩いていったのだろうと思うと、今でも少し悲しい。

二番目の猫は、私が幼稚園から帰ってみるとうちにいた。まだほんのチビ猫だった。犬にでも追いかけられたのだろうか、公園の木にのぼったままおりられなくなっていたのを、母が麦わら帽子をさしのべておろしてやったのだそうだ。

前のがチーコだったから今度は〈チコ〉（安易）と名づけられたこの猫は、それから数年の間、私の大親友だった。というより、三人兄弟の末っ子で二番目の兄とさえ十歳も離れて生まれた私にとっては、彼こそが〈弟〉そのものだった。

そういえば、二年生の時に私が生まれて初めて書いた童話のタイトルは『チコの大ぼうけん』だったと記憶している。扇風機のプロペラで飛行機を作った子猫が宇宙へ出かけていくという壮大な物語だった。あのまま同じ路線で書き続けていれば、今ごろはSF作家になっていたかもしれない。

チコとは、寝る時はもちろんのこと、本を読むのも宿題をするのも一緒だった。たとえ親や友だちには話せないことでも、口の固い〈弟〉になら打ち明けられたし、つらいことがあった日でも、温かい彼の体に顔をうずめて泣けばちゃんと浮上できた。

地震の時など私は真っ先にチコの姿を捜し、そのへんでのんきに眠りこけている彼を抱きかかえてテーブルの下にもぐった。母は地震が何より苦手だったので、私がチコだけをテーブルの下に入れて自分はお尻をつきだしているのを見ると、「猫なんか勝手に逃げる！」と叫んで彼をほうり出した。そのたびに、私は母のことをオニかと思った。お膳の上のものをつまみ食いした〈弟〉をかばおうと、食べたのは自分だと嘘《うそ》をついたこともある。じゃれ合った拍子に鋭い爪が私の耳たぶに引っかかった時も（↑福耳なんです）、誰にも知られまいとティッシュで耳の血を押さえて隠し続けた。そのうち、真っ赤に染まったティッシュを見てふーっと失神してしまい、母を死ぬほど驚かせることになったのだけれど。——不思議なものだ。三十年以上が過ぎた今でも、この時の傷跡は私の耳たぶの裏側に小さく残っている。[*8]

三年生の秋だった。〈弟〉が死んだ。数日前に保健所を通じてネズミ駆除の薬が配られたばかりだった。近所の誰かがまいたピンク色の薬はさぞおいしそうな匂いがしたのだろう。

夜中、とっくに寝ていた私を、母が揺り起こしにきた。

「チコが、もうあかん」

飛び起きていった私がどんなに名前を呼んでも、チコはもう頭をあげることもできなかった。自分から姿を隠すような余裕さえなしに、それからものの十分ほどの間に吐いて、吐いて、最後には血まで吐いて、とうとう動かなくなった。ぴくりともしないチコの鼻や口から懸命に息を吹き入れる兄[*9]の横で、ぼろぼろ泣きながらつっ立って見ている間じゅう、足のつま先が凍るように冷たかったことを覚えている。

やがて、父が言った。

「あたま撫《な》でたり。まだあったかい」

生きものが目の前で死んでいくのを見るのが初めてだった私は、そのあとしばらく、ショックから立ち直れなかった。

それでもなお、あの時、寝ていた私を起こすほうを選んだ両親は正しかったと思う。夜のうちにそっと亡骸《なきがら》を埋め、チコはどこかへ行ってしまったと言ってごまかすことだってできたはずだろうに、あえてそうしないでくれたことに感謝している。なぜなら、その時を境に、私は、ひとつの真実を自分のものにできたからだ。

死んでしまったものは、もう二度と戻ってこない。あと一度でいい、あの柔らかい体を抱きしめて眠れるなら何だってする、何だって、何だってする——どんなにそう願っても、脳の血管が破れるくらい強く願っても、一度死んだものは二度と生き返らない。〈あの時こうしていれば〉なんてどれほど後悔したところで、後からでは絶対に追いつかない。だからこそ、生きて一緒にいられるその時その時を、精一杯大事にしなければいけないのだ……。

当時はまだ言葉にこそできなかったけれど、幼いながらに私がそのことをはっきり理解したのは、チコの死を通してだったと思う[*10]。

それから一年ほどのブランクがあった後、やってきたのはアンズだった。歴代の猫の中で最も巨大化したのが彼で、体重は七キロ近くにもなった。このあたりから、我が家の猫たちは大所帯になっていく。アンズを筆頭に、リンゴ、ミカン、ベム、ベラ、ベロ……。そうして、私が二十歳を過ぎるまでずっと一緒だった、キジ猫（黒っぽい縞《しま》模様）の〈姫[*11]〉。

姫が死んだ日の夜、私は何度もベッドから起き出しては、亡骸をおさめた段ボールの箱をのぞきにいった。死んだなんていうのは悪い夢で、ひょっとしたら眠っているだけなんじゃないか。撫でてやったらいつもみたいにゴロゴロのどを鳴らして起きあがり、額をこすりつけて甘えてくるんじゃないか。そんな気がしてならなかったのだ。

あのチコ以来、そういう目には何度もあってきたはずなのに、愛する者の死に慣れるなんて、ついぞ不可能だった。彼らがいなくなった後の数か月は、部屋のふすまを全部閉めずに十センチほど開けておく癖が抜けなくて、あ、もうそんな必要はないんだと思うたびに、しん、と寂しかった。

私の場合はとくに猫なのだけれど、犬好きの人だって同じじゃないかと思う。長い間一緒に暮らしていると、彼らはただの動物ではなく、代わりのきかない家族とか、対等の友人とか、世話のやける恋人のような存在になってくる。死んだり居なくなったりした後は、胸の中に彼らの体とぴったり同じ大きさの空洞ができて、その穴を埋めるために必要なのはただただ〈時間〉なのだということを、私はもういやというほど学んでしまった。

それでもなぜか、二度と生きものを飼わない、と思ったことだけはなかった。次に縁あって私のもとへやってきてくれる〈いのち〉をできるかぎり慈《いつく》しんでやることこそが、それまでに去っていった〈いのち〉へのいちばんの慰めになるのではないか、そう思っていたからだ。

その結果として、我が家にはいつでも猫がいたわけである。じつを言うと、ほかにも犬が三匹にウサギが二匹、おまけに私が学校の理科室からもらってきたハツカネズミやモルモットや、セキセイインコやカナリヤまでいたけれど、とにかく猫だけはもう基本中の基本で、ピーク時には七匹も出入りしていたほどだった。

だからうちでは、椅子というものはまず猫をどけてから座るものだったし、ふとんの足もとというのはずっしりと重いものだった。こたつはまず中をのぞいてから足を入れるもので、家具や革製品はバリバリにささくれだつのが当たり前のもの……。

けれど。

「絶対やだ俺、そんな生活」

と、M氏は言うのだった。

「だいたい猫って、目つきからしてよくないじゃん」

……自分だってよくないじゃん。

「外を歩いた泥足のままで家に入ってくるんだろ？　毛は飛ぶわ、ノミはつくわ、ウ◯コしたって拭かねーわ、信じらんねーよ。ったく、そういうの、よく平気でいられるよなあ。やっぱ根がガサツなだけあるよなあ」

慣れればあなたも平気になる、と言ってみたのだが、信じてもらえなかった。

そうして、それきり、なんと十三年という歳月が過ぎてしまった。都会の喧噪《けんそう》を離れ、ここ房総鴨川で暮らすようになってからでさえ、もうすぐ十年が過ぎようとしている。

鴨川、というとどうしても海のイメージが強いけれど、我が家はかなり山奥に引っ込んだところにある。眼下には見渡す限りの水田、その向こうに低い山々、後ろには木々や竹が生い茂る林、そこを抜けて下っていくとブラックバスの釣れる静かな池——そんなふうな丘の上に、ログハウスとも南欧風ともつかないヘンテコな家を建てて暮らしているのだ。裏の林を伐《き》りひらいて畑にし、自分たちの食べる野菜を無農薬で作りながら[*12]。

　さぞかしのんびりした暮らしのように聞こえるだろうけれど、そうそう楽なことばかりではない。せっかくの収穫はしょっちゅう野生のサル軍団やタヌキに食い散らかされるし、庭先にはヘビやムカデも出る。草刈りや薪割りは重労働、手荒れだの日焼けだのを気にしていたら、こんなところでは暮らせない。それでも、この自由さと、風が吹き抜けるような解放感は、都会の生活ではついに得られなかったものだった。

　で——猫、である。

　今に別れてやる、の〈今〉のタイミングをつかみ損ねるままに、結局私は、あれから後もずっと猫をあきらめて過ごしてきた。誇張でも何でもなく、私にとってそれは、ほかの何をあきらめるよりもつらいことだった。

　いったい何度、同じ夢を見たことだろう。夢の中の猫たちの手ざわりは、たいていひどくリアルで温かく、丸まった背中からはお日さまの匂いまでしていた。猫……ああ、猫がそばにいる！

　幸福の絶頂で目覚めて、それが（やっぱり）夢だったとわかるたびに、私は、隣のベッドで鼻ちょうちんをふくらませているオトコに思いっきり蹴りを入れたい衝動に駆られた。けれど、彼がいつかそのうち譲歩してくれるなんてことは、いつの頃からか、もうすっかり期待しなくなっていた。そのかわり、絶対彼より長生きしてやる。その時は天下晴れて猫を飼ってやる。そう思い定めていた。なにしろ、彼の猫嫌いぶりときたら、例のトラウマのせいか半端ではなくて、庭先をどこかの猫が横切っただけでそのへんにあるものを手当たり次第にひっつかんで投げつけるほどだったのだ。そういう彼が「絶対飼わない」と言ったら、それは何が何でも「絶対」にきまっている。いや、そのはずだったんである。

……ところが。今、こうして机に向かっている私の隣には、一匹の三毛猫がひっくり返って寝ている。いったい、あの相方に何が起こったか？　ある朝起きてみたら突然猫好きになっていた、なんて奇跡は起こりっこないんであって、この猫、〈真珠〉[*13]が我が家に出入り自由となるまでにはもう、山ほどの紆余曲折《うよきよくせつ》があったのだ。

そのへんの事情はおいおい話していくことにするけれど、とにもかくにも、今では真珠は自分専用の出入り口と、食器と、寝床を持っている。出入り口は壁のひと隅に、相方自らが腹ばいになって取りつけたキャット・ドア。食器は、私が生まれて初めて焼いた織部風の片口。寝床は、その日の気分でソファになったり、マッサージ椅子の窪《くぼ》みになったりする。

昼間、私たちが畑や庭に出ていると、真珠は話し声や物音を聞きつけて、裏山からナゴナゴと帰ってくる。四季を通じて穏やかに過ぎていく毎日のほとんどを、彼女はそうして勝手気ままに野山をほっつき歩いて過ごす。虫やカエルを食べたり、ヘビと渡り合ったり、つかまえた鳥や野ネズミやモグラを私にプレゼントしに来たり、せっかく種をまいたばかりの畝《うね》や花壇を掘り返してよけいな肥やしを入れてくれたり……。

いずれにしても、彼女が家族の一員に加わってからというもの、私たちの生活は確実に潤いを増したと思う。子どもがいないからとか、そういうことではなくて、ただ、いたいけな命に頼りにされているというだけで、日々の他愛ない出来事のひとつひとつまでが前より愛しく感じられるようになったのだ。

ほんの一年足らず前、生後十日ほどの真珠が初めて親猫にくわえられて現れた夜のことを思い出す。ろくに歩けもしないチビのくせに、そっと抱き上げた私を子猫特有の青みがかった目で見るなり、鼻のあたまにしわを寄せ、生意気にもシャウシャウシャウシャウ……と息を吐いて威嚇《いかく》してみせた。きっと、生まれて初めて見る人間が怖くてたまらなかったのだろう。

それから後も、ずいぶん大きくなるまで、彼女は野生児のままだった。庭いじりをしている私を物陰から眺めていたり、ふと見ると二メートルくらいの至近距離まで来ていたりはするのだけれど、目が合うととたんにサッと逃げたし、ようやく手から魚の切り身を食べるようになってからも体にまでは決して触らせようとしなかった。まるで小さなヤマネコみたいだった。

そんな猫がまさか、おなかを出してバンザイしながら眠り、少しでも涼しい居場所を探しまわった末に、わざわざ〆切間際の私の原稿[*14]の上で寝るほどになろうとは……変われば変わるものだ。

そしてもう一名、変わったどころか別人のようになってしまったのが、M氏その人だったのである。

*5　このエピソードは『ねこいき』に改めてくわしく書いた。我ながらかなり根に持っているらしい。

*6　この書き出し、じつはデビュー小説『天使の卵』を踏襲してます。言うとたちまちダサくなるけど。

*7　茶トラのチーコ、『ねこいき』にはもちろんのこと、母と娘の確執を描いた『放蕩《ほうとう》記』にも実名で登場する。

*8　そのことに気づいたのは、二十歳を迎えて初めてピアスホールをあけた時だった。

*9　次兄。私と、今現在のパートナー「背の君」（じつは従弟）にとって、美意識や価値観や趣味嗜好《しこう》のすべてにおいて、この兄の影響がとても大きい。

*10　どんなに理解して、生きてるうちに大事にしているつもりでも、見送る時にはやっぱり後悔するものだということまではまだわかっていなかったなあ。

＊11　もしかして、〈もみじ〉の前の姿？（『ねこいき』参照のこと）

＊12　何でもないこの一文を書きつけた時の充実感を、はっきり覚えている。そういう文章が、たまにある。

＊13　のちのもみじの母親。今思うと、四匹生まれた中でももみじがいちばん、性格が母親似だった。

＊14　このころの原稿は、キャンディカラーのＭａｃで書いては隣に置いたプリンターで印刷していた。あの頃も今も、ワープロソフトはＷｏｒｄ。

『おばんです、こばんです』の巻

そもそものはじまりは、二年半前の春——。とつぜん二匹の子猫が庭先に迷いこんできたのだった。生後ひと月半くらいだろうか、どちらもしっぽの短い黒っぽいキジトラのメス[*15]で、並んでも見分けがつかないほどそっくりだった。

前から時々こっそりうちに遊びにきていた三毛猫[*16]の大きなおなかがいつのまにかぺしゃんこになったのには気づいていたから、ひょっとして彼女の産んだ子猫たちではないかとも思ったのだが、それにしては面倒をみてもらっている気配がない。試しにチチチと呼んでみると、二匹はすぐにそばへ寄ってきて膝によじのぼり、のどを鳴らし始めた。

私は瞬時にめろめろになってしまった。が、問題はもちろん相方である。

「何だって小さいうちは可愛いけどな」と、先回りして彼は言った。「エサなんかやるんじゃねーぞ。いっぺんやったら居ついちまうに決まってるんだからな」

「や、やるわけないじゃん」

と私は言った。じつはとっくにやった後だった。

だいたい、おなかをぺこぺこにすかせた子猫を前に、何もするなと言うほうが無茶ってものである。私は彼の目を盗んで、段ボール箱の底に古いセーターを敷いてログハウスの床下に入れてやり、煮干しや魚の頭などをせっせと食べさせた。あんまり急に煮干しばかりが減るのも変なので、スーパーへ行ったついでにあたりをうかがいながら素早くキャットフードを買い、愛車ジムニー[*17]の後部座席の下に隠しておいた。

チビたちの食べ方は見ているとイライラするくらいトロくさく、途中で家から出てきた彼に見つかりそうになるたびに、私は何だかんだと理由をつけて彼をよそへ引っぱっていった。ほら、来てみ来てみ、あそこで大きなアオダイショウが日向ぼっこを……え？　いない？　おかしいなあ。

だがしかし。すべてにおいて大ざっぱな私が、すべてにおいてマメな彼の目をいつまでもごまかせるはずはないのだった。ある日、彼は言った。

「何だよ、これ」

べろんと目の前に広げられたのは、捨て損ねたまま忘れていたキャットフードの空き袋だった。〈猫ちゃん夢中！　おとと＆ササミ味〉。

「なんでこういう隠し事をすっかな」

と、彼が聞こえよがしのため息をつく。

隠し事させたのはあんたでしょーがッ！　……と、言ってやりたいのはやまやまだけれど、今それを言っては火にガソリンを注ぐようなものである。

かわりに私は、必死で言い訳をした。留守がちな我が家で子猫たちを飼ってやれないのはわかっていること。ただ、もう少し外が暖かくなったらカエルや虫も出てくるけれど今はまだろくな獲物がいないこと、それまでの間だけ手を貸してやりたいこと、野生の本能をさびつかせてしまわないよう、おなかいっぱい食べさせたりしないようにするし、情が移りすぎないようにあんまり抱かないようにするし、さわった後はちゃんと手を洗うし、家に入る前はよーく毛を払うし、ウンチは見つけしだい片づけるし、それから、ええとそれから……。

やがて彼は、私を横目で見てもうひとつため息をつき——手にしていた空き袋を丸めると、黙ってゴミ箱に捨てた。

実際、子猫たちは性格の良さで得をしていた。どんなに彼に仏頂面をされようがシーッと追い払われようが、まったくこりずに甘えてすり寄っていき、潤んだ目で見あげてはかぼそい声で鳴くのだ。まるで、「あなたしかいないの」と泣いてすがるかのように。さしもの彼も、それにはほだされたか、そのうちにしぶしぶながらも子猫たちに応えて口をきくようになっていった。

たとえそれが「ニャーニャーうるせえなお前らっ[*18]」などという悪態であろうとも、猫に向かってまじめに話しかけるようになったらもう、陥落したも同じこと。しばらくはまだ何だかんだとイチャモンをつけていたものの、そのうちにはしぶしぶ彼らの存在を黙認してくれるようになり、それどころかやがてはなんと、よその野良猫が来て子猫のご飯を盗み食いしているのを見るやいなや外へすっとび出ていき、気の毒な野良が泡をくって逃げまどうのを坂の下まで追いかけていくほどになってしまった。とんだ親ばかである。

成長するにしたがって少しずつ大きさに違いが出てきたために、子猫たちはとりあえず〈ダイちゃん〉と〈ショーちゃん〉（安易）と呼ばれるようになった。

けれど、ひと月ほどたったある日、ショーちゃんのほうが鼻をグスグスいわせ始めた。鼻水ばかりかクシャミまで出る。風邪をひいたんだろうか、でも食欲はあるみたいだし、しばらく様子を見てひどくなるようなら病院へ連れていかなくちゃ……と思っていたら、三日目の夕方、急に私の足もとから離れなくなった。畑と庭に水をまいている間じゅう、すぐそばにちんまり座り、へんに澄んだ目で私をじっと見上げてくる。具合が悪化したようには見えなかったけれど、何だか不安になって、明日お医者さんへ行こうね、と頭を撫でてやった。

翌朝……ダイちゃんの落ち着かなげな鳴き声で目が覚めた私は、その瞬間、あ、と思った。あ、逝《い》ってしまった、と。それは、奇妙なまでの確信だった。

床下から寝床の段ボール箱を引っぱり出した時も、だからもう、覚悟はできていた。

ショーちゃんは箱の中で四肢をつっぱって、薄目を開けたまま、冷たく、固くなっていた。抱きあげると紙みたいに軽かった。昨日まではやわやわと私の指を包みこんでは跳ね返していた体が、今は、箱の形にそって四角く平らに固まってしまっていた。

後悔の重さで立てないくらいだったのに、すぐには泣けなかった。あれ、私、悲しくないのかな、変だな……しんと醒《さ》めた頭でそんなことを思いながら表にまわり、窓をコツコツたたいて相方に知らせようとした――ショーちゃんが、死ん……――そのとたん、ぶわっと涙があふれてそれきり止まらなくなった。

ずっと二匹の寝床だった箱にキャットフードと庭の花を入れ、彼が黙々と掘ってくれた畑の脇の、桜の木の下に埋めた。ショーちゃんはこれからここでずっとひとり、それこそ〈初恋と同じほどひたむき〉に眠り続けるというのに、まわりでダイのやつが何も知らずにバッタなんか追いかけているのが、悲しくて、愛しくて、たまらなかった。そのへんに咲いているありふれた草花[*19]までが、なんでこんなに色鮮やかに見えるんだろうと目をこすりたくなるくらい美しくひかって見えた。悲しみのあまり心がむき出しになったから本来の美しさが響いただけで、ほんとうは、花はいつだってこんなに美しかったのだと思うと、また泣けてきた。

ショーちゃんの死は、微妙に、けれど確実に、我が家に流れる空気を変えた。

三十代半ばにさしかかりつつあったとはいえ、私も彼もまだ充分に若く、たとえどうなっても二人きりのことだという身軽さからか、こう言っては何だけれど、「人生なんとでもなるさ」と高をくくっているところがあったように思う。いつのまにかちょっと乱暴に、強引に、雑に生きるようになってしまっていたと思う。

でも、片割れから取り残されてさらに甘えん坊になったチビすけが、庭先をあっちへトコトコ、こっちへチョロチョロ駆けまわるのを見ているうちに、なんというか――〈いのち〉であるとか、〈日々を生きること〉に対して、以前よりていねいに、もっと柔らかく向かい合うようになった気がするのだ。

私は、いつか再び猫と暮らすことがあったらつけてみたいと思っていた名前を、彼女に名乗ってもらうことにした。ショーちゃんがいなくなってしまった今、一匹だけではどうして〈ダイちゃん〉なんだかわからないからだ。それが、〈こばん〉――猫の小判である。

家に上げることまではやはり許してもらえなかったけれど、暖気のこもるログハウスの床下はそこそこ快適そうで、こばん自身も、体つきは小柄なままだったが日に日にたくましくなっていった。彼女が自力で小鳥やカエルやバッタをつかまえてきては、得意そうに見せびらかしながらきっちり食べきってしまうのを目《ま》のあたりにするたびに、私は心の底からほっとした。

昼間、小説やエッセイを書くのに行き詰まると、庭へ出てこばんと日向ぼっこをした。

彼女の柔らかな体に触れ、その軽やかな重みと、なつかしい温かさを膝に感じるうちに、煮こごりのように凝固していた脳みそがゆるゆると解きほぐされていくのがわかるのだった。

そうして、翌年の春。

チビだったこばんは、チビのまんま身ごもり、やがて裏山のどこか秘密の場所で子猫を産んだ。うちの床下で産んでくれなかったことがちょっぴり寂しくはあったけれど、彼女の野良としての本能がもっと安全な場所をかぎわけたのだろうと思うと、それさえも静かに嬉しかった。

彼女が初めて二匹の子猫をくわえて見せに来てくれたのは、それから二週間ほどたった雨の夜だ。[*20]一匹は、紫がかった灰色の縞模様。もう一方はモヤモヤッとした三毛。歩くどころか座っているだけでも頭の重みでふらふらしていて、危なっかしいったらない。

「うわ、なんだこれ、ちっちぇ〜っ！」

服が泥んこになるのもおかまいなしに、M氏がこばんと二匹の子猫を抱き上げて膝にのせるのを、私は、この世にあるはずのないものを見る思いで眺めていた。

このまま明日もあさってても、ずっとこのコたちと一緒にのんびり過ごせたらどんなに素敵だろう。そう思うと、心臓がちぎれそうだった。

というのも——まさにその翌朝から、私たちはそれぞれの仕事で、ロシアとカナダへ発たなければならなかったからだ。

それも、一か月にわたって……。

＊15・16　『もみじの言いぶん』（以後『もみぶん』）にもカラー写真あり。もみじにとっては、未来のおばあちゃんたち。

＊17　免許を取って初めての自分の車がこれだった。ドアに「WILD WIND」と書いてあるシリーズ。じつは、小説『野生の風』のタイトルはここから取っている。

＊18　口の悪い人に見えるでしょうが、いや事実その通りだったのだが、教師としては生徒たちにものすごく慕われる人だった。いいところもいっぱいあったのだ……みたいなことは、今だから思える。

＊19　このとき咲いていたのは黄色と紫のパンジー。あと、忘れな草も。

＊20　外で、子猫特有のミュウ、ミュウ、という鳴き声が聞こえた時のあの感激と興奮。土砂ぶりの雨の匂いまで覚えている。

『いいおっぱい　悪いおっぱい』の巻

その夜は、ほとんど眠れなかった。

せっかく子猫をくわえて見せに来てくれたというのに、よりによってそれが出発の前夜だなんて……。何かを察したのかもしれないこばんをいとおしく思う気持ちと、なまじ子猫たちの顔を見てしまったばかりによけいに別れがつらくなったじゃないか、と恨めしく思う気持ちがないまぜになって、胸の奥が苦しくてたまらない。

朝になったら私もM氏も、急いで身支度をして空港へ向かわなければならない。私のほうは、BSの旅番組のリポーターとしてロシアへ。彼は彼で別の用向きでカナダへ。二人とも、まる一か月は家に戻ってこられない。

仕事柄、こういうことがたびたびあるのがわかっていたからこそ、私たちはこれまで、こばんができるだけ野生の本能を失わずにいられるような形でつき合おうと努めてきた。台所から生魚の頭が大量に出た時でも、心を鬼にして、おなかがいっぱいになるほどは食べさせないようにしてきたのだ。[*21]

これからは季節も夏へと向かうし、獲物に不自由することはないだろう。けれどそれは、こばんが気ままなひとり身だった場合の話だ。彼女にとっては初めての子育てだし、あたりにはトンビやカラス、タヌキやイタチといった子猫の天敵をはじめ、根性曲がりのボス猫や、夜になると放される犬や、傍若無人のサル軍団もいる。私たちがいなくなったら連中はますます幅をきかせて、新米ママはきっと気の休まるひまもないに違いない。……ああ、もう！

　ほんの少しうとうとしただけで、私は、あたりが明るくなるやいなやベッドを抜け出し、パジャマのまま外へ出て床下をのぞいた。

　こばんたち親子は、ちゃんといた。朝の光の中で見ると、子猫たちはますます可愛かった。灰色のシマシマのほうがぽよんとした顔で私を見ている横で、モヤモヤの三毛のほうは、それでも威嚇しているつもりなのか、〈ぷわっ、ぷはっ、ぷ、ぷ、ぷひゃぁーっ！〉と息を吐きまくり、勢いあまってコロリと後ろへひっくり返ったりするのだった。[*22]

　私は物置から大きめの木箱を運んできて、よその猫たちがまず入ってこない裏口の物陰に置き、キャットフードを山盛りにしたボウルをその中に入れてこばんを呼んだ。

「ちょっとずつ食べるんだよ」

　はぁい！　とばかりに、こばんがさっそく顔をつっこむ。

「ダメだってば。もしもの時に取っときな」

　置いていかれることを知ってか知らずか、軽やかな音を響かせてカリカリを食べ続ける彼女の背中を撫でながら、もれるのはため息ばかりだった。

ユーラシア大陸を横断する世界最長の鉄道、シベリア鉄道。

全長ほぼ一万キロ、地球の円周の四分の一に及ぶその旅[*23]の間じゅう、私の頭の隅にはいつも猫たちのことが引っかかって離れなかった。ソビエト崩壊後の人々の暮らしは思っていた以上に悲惨で、昼間はリポーターとしての自分の役割をなんとか果たそうとするだけで精一杯の毎日だったものの、夜、脱線したんじゃないかと思うくらい激しく揺れる列車の寝台に横になって窓から月を見上げていると、猫たちのあの重さや柔らかさが恋しくて恋しくてならなかった。時おり手帳の中からこばんの写真を取り出しては眺めている私に向かって、ロケ隊のスタッフは口々に、なんで猫の写真は持っててダンナの写真がないんだ、と言ったけれど、あなたがたがニョーボの写真を持ってないのと同じ理由です、と言うと一様におとなしくなった。

カナダにいるM氏と電話がつながったのは、旅のちょうど半ばだった。

「いま泊まってる宿にさ」と彼は言った。「こばんに瓜《うり》二つの猫がいてさ。いつもこばんにしてるのと同じことしただけなのに、いきなり噛《か》みつきやんの」

何したの？　と訊くと、おっぱいもんだ、と言う。そりゃ噛みつかれもするだろう。

でも、電話を切った後で、ふと思った。以前の彼なら、猫なんかそばに近寄らせもしなかったはずだ。この調子でいくと、もしかしてもしかしたら、いつかこばんと子猫たちが家に上げてもらえる日が来たりして……？　考えるだけでわくわくしてくる。

けれど、ようやく一か月が過ぎて戻ってみると、こばんたちの姿はどこにもなかった。木箱の中のキャットフードは、半分以上残ったまま、すっかりカビに覆われてしまっていた。

私と相方は、日に何度もあたりを捜しに出かけた。裏山の林や、田んぼのあぜ道。こばんが行きそうなところはもちろん、けっして行きそうにない遠くの神社や森などへも出かけていっては名前を呼びながら歩きまわったのだが、十日が過ぎても見つからない。

「何かあったな」と彼は言った。「近くにいるなら、これだけ呼べば出てくるだろ、普通」

聞こえないふりをしたのは、信じたくなかったからだ。翌日、私は納屋から古い自転車を出してきて空気を入れた。[*24]　捜索範囲をもっと広げてみようと思った。

ギコギコときしむ自転車をこいであちこち捜し回り、疲れきって、最後に、どうせ無駄だろうな、と思いながらも裏山の向こう側へと回った……その時だ。

道のすぐ先を、とととっと焦げ茶色の猫が横切った。

「こばんッ」

ブレーキの音にぎょっと振り返った猫が、こちらを凝視したまま固まっている。目つきは鋭く、耳は緊張のあまり伏せられている。どこもかしこもそっくりだけど、別の猫なんだろうか？

「こばん……でしょ？」

あっ！　という顔を、猫がした。

〈み、みああああっ〉

聞き間違えようもないかすれ声をあげて彼女が駆け寄ってきたその瞬間、安堵《あんど》のあまり、体じゅうの毛穴からドッと汗が噴き出した。

「やだもう、呼んだらすぐ返事してよぉ。どこ行ってたのよう、心配したよう」

あんたたちこそどこ行ってたのよぉぉぉう、と声をふりしぼってこばんが鳴く。道の真ん中にしゃがみこんだままひしと抱き合っている私たちを、近くの農家のおばあさんが不思議そうに見ていた。

　あたりを捜しまわったのだけれど、子猫の姿はどこにもなかった。誰かに拾われたんだろうか。それとも、やっぱり、育たなかった……？　とりあえず自転車をそこに残し、私はこばんをしっかりと抱いて家まで歩いて帰った。[*25] 腕の中に彼女がいることが信じられなくて、何度も何度も顔をのぞきこむ。私より先にあきらめそうになる相方に向かって、大丈夫、今に見つかるってば、と言い続けていたけれど、ほんとうは私だって心の中ではもうだめかもしれないと思い始めていたのだ。

ようやく家にたどり着くと、

「うそっ！　どこにいたッ？」

走り出てきた彼は、私の腕からこばんを奪い取った。

「なんだようお前、心配したじゃんかよう、ええ？」

……コノヒトにはもと猫嫌いとしてのプライドってもんがないのか？

と、ちょっと思わないでもなかったが、まあよけいな水をさすこともない。私は黙って冷蔵庫を開け、晩のおかずにするはずだった魚の切り身を出してやった。

ところが、せっかくの切り身を、こばんは自分では食べずに、くわえて裏山の奥へとズルズル引きずっていく。もしや、と思ったら案の定だった。翌朝には裏の竹やぶから子猫が一匹だけ顔をのぞかせ、私たちと目が合うなりサッと姿を隠した。身をひるがえした拍子に背中の模様がちらりと見えた。モヤモヤの三毛だった。

灰色のシマシマのほうは、何日待ってみてもとうとう現れなかった。

梅雨が明け、一気に夏が来て、蟬時雨《せみしぐれ》が降り注いでいたかと思うと早々に稲刈りが終わり、鈴虫が鳴き始め……。

その間にも子猫はぐんぐん育っていき、あっというまに母親のこばんとそう変わらない大きさになってしまった。〈猫に小判〉の娘だからというので、豚でもないのに〈真珠〉と名づけられた彼女は、親（？）の欲目を差し引いてもなかなかの美人[*26]だったけれど、いかんせん、超のつく怖がりで用心深く、なかなか私たちになついてくれなかった。あるいはその用心深さのおかげで、ひとりだけ生きのびることができたのかもしれなかった。

それでも、最初のうちは顔さえ見れば逃げていたのが、半月ほどで私たちが差し出す魚をこわごわ手からかすめ取っては物陰へ行って食べるようになり、ひと月が過ぎる頃には見ている前で食べるようになり、やがては、夢中で食べている間に限ってだけれど、そっと背中を撫でても逃げなくなった。

見ていると、どうやら彼女たちには我が家以外にも、近隣に別宅がありそうな気配があった。時には二匹ともに妙に満ち足りた顔でやってきて、カリカリをほとんど残すなんてこともある。それはそれで、ありがたいことだった。どこの誰かわからないその家に向かって、手を合わせたいような心持ちだった。

こばんの母親ぶりときたらもう、表彰してやりたいほどで、自分が食べるのはいつも、チビの真珠が食べ終わった後。生鮭《ざけ》の骨さえバリバリ嚙みくだくようになった娘に、せがまれるままにまだお乳を吸わせてやっている。

そんなある日、M氏が言った。

「なあ、こばんのおっぱいって、こんなに固かったっけ？」

え、どれどれ、と試しに触ってみて驚いた。ほんとに固いのだ。全体がではなくて、下のほうの乳首から上へと、コリコリした筋のような太いしこりが走っている。ま、まさかこれって、乳ガン？

とっさに脳裏をよぎったのは、ショーちゃんの姿だ。明日お医者さんに連れていこうと思っていたらその夜のうちに死んでしまった、こばんの妹……。

青くなった私は、すぐさまこばんを抱き上げると、近くの獣医さんへと走ったのだった。

＊21　当時は、小説の取材やテレビ局の依頼で、年に一、二度は海外へゆく機会があった。すでに本が売れないとは言われていたけれど、それでもまだバブルの名残りめいた空気があったように思う。

＊22　警戒心の強い子のほうが、一旦なつくとベタベタの甘えん坊になる気がする。

＊23　NHKBSで放送されたシリーズ「五大陸横断　20世紀列車がゆく」。土屋守《つちやまもる》さんがヨーロッパ縦断のオリエント・エクスプレスに、辻仁成《つじひとなり》さんがアメリカ横断のアムトラックに乗る中、私はユーラシア大陸横断のシベリア鉄道に。めちゃめちゃハードだったが、父のいた捕虜収容所跡も訪ねられて、実りある旅だった。でもハードだった。ほんとうに。

＊24　田舎暮らしでは自転車に乗らない。コンビニも車で行く。

＊25　考えてみると一キロくらいの距離を、よくもまあおとなしく抱かれて帰ったものだ。よ

っぽどなついてくれていたんだなあ、と改めて。

＊26　母猫こばんはそうでもなかったので父親のサバ白ブチが美形だったのだと思う。心当たりはある。それが当たっているとすると、真珠はのちにその自分の父猫と結ばれて、もみじたち四匹を産んだことになる。

『幸せって何だっけ』の巻

こばんを獣医さんに連れていくにあたって、まず用意したのは洗濯ネット[*27]だった。専用のキャリーケースなんて気のきいたものがなくても、とりあえず当座の用はこれで足りる。猫は、狭いところを通り抜けられるかどうかを両ヒゲの先が触れるかどうかで判断するから、要するにヒゲがこすれてばかりの洗濯ネットのような袋の中では、前へ歩こうとしても歩けなくなってしまうらしいのだ。

アオゥ、アオゥ、〈なによう、なにするのよう〉とヘンな声で鳴き続けるこばんにいちいち返事をしてやりながら待合室のベンチに座ると、目の前の壁には、猫の病気に効く混合ワクチンについてのポスターが貼られていた。

ウイルス性の風邪や腸炎、猫の白血病……。

読んでいるうちに、胸が苦しくなってきた。こういうワクチンをきちんと接種してもらって大事に大事に家の中で飼われる猫に比べたら、ほとんど野良に近いこばんの寿命ははるかに短いに違いない。[*28]家に上げてもやれないのに、かわいそうだからと餌をやったのはエゴに過ぎなかったのか。もしも私があの時あえて何もせずにいたら、こばんはここまで生きのびられなかったかもしれないけれど、逆にどこか別の家を――たとえ遠くてもそのうちには――見つけて、もっと幸せに暮らしていたかもしれない。そもそも、猫にとっての幸せって何なんだろう……。

「村山こばんちゃーん、どうぞ」

呼ばれて我に返り、急いで診察室に入る。台の上にのせたこばんをそっと洗濯ネットから出してやっていると、先生が入ってみえた。四十代半ばくらいの小柄な女の先生だ。

「あれ、洗濯ネットなんていいこと知ってるねえ」

緊張のあまり耳を伏せているこばんをよしよしと撫でさすり、先生はさすがに慣れた手つきでおなかをさわった。

「あーほんとだ、だいぶ腫れてるね。乳房炎だな、こりゃ」

にゅうぼうえん……？

「そう。おっぱいに傷がついて、そこからバイキンが入って炎症を起こすの。おっぱいはバイキンにとっても栄養たっぷりだから、すぐこうやって腫れちゃうのよ。たぶん子猫の歯か爪で傷ついたんじゃないかしらね」

先生は電動のバリカンで、見るまにこばんのおなかの毛を刈っていった。

「ほら。乳腺にそって腫れてるでしょ」

うわ。小指くらいの太さの盛り上がりが、いちばん下とその上の乳首の間を路線図のようにつないでいる。

乳ガンじゃないかと思ったら、居ても立ってもいられなくなっちゃって、と私が言うと、先生はニコッとした。

「大丈夫。乳房炎もひどくなるとやっかいだけど、早く見つけたから薬で治せるよ。それにしても、毛の中に隠れてたのに、よくまあ腫れてることに気づいたねえ」

先生は、若い助手さんたちにテキパキと指示を出すと、傷のかさぶたのところをはがして消毒し、そこから青い薬を注入したうえ、炎症を抑える注射まで打ってくれた。

「かわいそうだけど、何日かは子猫と離しておかないとね。ケージに入れるとか、別の部屋に分けるとか。……え？　無理？　どうして？」

私は説明した。家の中で飼っているのではないこと。というか、厳密には飼い猫でもなくて、たぶん近隣の複数の家に出入りしながら暮らしている猫であること。

じつを言うと相方は、こばんを動物病院に連れていくこと自体にもあまり賛成ではなかったのだった。

究極の猫嫌いがどうにかマシになった今でも、彼の中には頑固なまでの信念がある。

〈野生の動物は野生のままにしておくべきで、人間が手を添えるのは間違いだ〉

というのだ。

もちろん、その意見自体は正しいと思う。私だって、たとえばサバンナのライオンに餌をやろうとは思わないし、野生のイルカが可愛いからといって餌付けするのは間違っているとも思う。でも、それとこれとはわけが違うんじゃないか。飼われていない猫はあくまでも〈野良〉とか〈地域猫〉であって、いわゆる〈野生動物〉とは違うんじゃないか……と、思いはするのだけれど、じゃあどこがどう違うのかと問いつめられると、私にもうまく説明できないのだった。

もちろん私は、彼に言ってみた。もしこのままお医者に行かずにほうっておいて、以前のショーちゃんみたいにこばんが死んじゃったらどうするの？　と。ショーちゃんが死んだ時、彼がどれほど落ちこんだか知っていたからだ。

けれど彼は、しばらく黙っていた末に、やがて言った。

〈それでも……たとえそれで死んでしまったとしても、それはその猫の運命なんだよ。野生って、そういうもんだろ。動物の生き死にを人間が左右しようなんて傲慢だよ〉

「あらら」

話を聞いて、先生は言った。

「事情はわかったけど、困ったねえ。子猫におっぱい吸われ続けてたら、せっかく治療しても腫れが引かないよ。どうする？」

ど、どうしよう。

「なんなら二、三日入院させてみる？　そのぶん費用はかかっちゃうけど、そのかわり、ちゃんと見てあげられるし」

私は激しく迷った。治療だけならまだしも、入院なんてことになれば、彼とはまたあれこれ対立するかもしれない。

でも、今いちばん優先しなければいけないのはこばんの健康だ。母親のこばんに何かあったら、まだ小さい真珠だってどうなってしまうかわからない。ショーちゃんの時のような後悔はもう絶対にしたくない。すべての動物の生き死にを左右できるなんて思うのは確かに人間の傲慢だろうけれど、せめて目の前のいのちくらい、救えるものなら救ってやりたいじゃないか……。

結局、こばんを入院させたことを話しても、相方は「ふうん」と言っただけだった。あるいは彼自身も、これまでの自分の信念と、こばんに対する理屈抜きの情の間で揺れているのかもしれなかった。

三日後、病院にこばんを迎えに行った時だ。私の顔を見るなり、先生が言った。

「ねえ、このコ、カエル食べてない？」

カエル？　ええ、大好物ですけど……？

「やっぱりね。じつは、こばんちゃんのウンチからムシムシちゃん*29が出ちゃったのよ。カエルやコオロギから感染する条虫なんだけど、まあ、そうは言ってもしょうがないね。

このコにとってはカエルも大事な栄養源なんだろうから。ほら、ついでに駆除しといたよ」

ハイこれ、おみやげ、と手渡された薬瓶の中には……ホルマリン漬けの白くて長い虫〈ミミズを平たくしたような虫〉がゆらゆらと浮かんでいた。ラベルにはていねいな字で、〈村山こばんちゃん　マンソン裂頭条虫〉と書いてあった。

いっぽう、子猫の真珠はといえば、母親がいない間も、どこへも行かずにログハウスの床下にいた。ごはんだよー、と呼べば、おそるおそる近くへも寄ってきた。

それでもやはり、よほど寂しかったのだろう。退院してきたこばんを見るなり歓喜の声をあげて走り寄り、感動の親子の対面を果たしたかと思うと、さっそくおっぱいに吸いつこうとするのだった。生後二か月をとうに過ぎたというのに、まだお乳が恋しいらしい。

こばんもこばんだ。ついさっきまで傷口に薬を入れてもらいながら、〈痛ったぁぁい、痛ったぁぁい〉と鳴きわめいていたくせに、娘にせがまれるとすぐさまおなかを出して吸わせてやろうとする。困った。こんなんじゃ、いつまでたっても治らないじゃないの。

弱りきった私はとうとう、適当な余り布に四つの穴をあけ、こばんに足を通させると、背中の側を、伸縮性のある包帯で編み上げるようにして結んだ。苦肉の策の、ハラマキ作戦である。これなら真珠はおっぱいを吸えないし、こばん自身も傷口をなめられない。

犬と違って猫の舌はザラザラだから、なめるとかえって傷を悪化させてしまうんである。

どう見てもおマヌケな割烹着《かっぽうぎ》姿のこばんと、まだまだ無邪気な真珠が、草むらで取っ組み合いをする。かと思えば、そのへんにいる気の毒なカエルやバッタを教材に、こばんが狩りを教えている。自分がつかまえた獲物を、わざと生きたまま真珠の前に落として追いかけさせるのだ。

そんな二匹を眺めながら、私の頭の中からは、例の考えが離れなかった。

〈このコたちは幸せなんだろうか、それとも……〉

あと二週間もすれば、私とM氏はまたしても一か月の長旅に出なければならない。こばんと真珠をおいて、今度はアメリカ西部へ。

もはや何度目ともわからないため息をつく。

いずれアメリカから戻ってきた私たちを、どんな出来事が待ち受けているかなんて、この時点ではもちろん、知る由もなかった。

＊27　我が家の猫たちに今も伝わる風習。
＊28　この当時、保護猫活動はまだ今ほど一般的ではなかった。とくに田舎では。もしその頃知っていたら、自分はどうしていただろう。
＊29　この先生、たしかに、こばんと条虫には「ちゃん」づけだった。カエルやコオロギは呼び捨てなのに。

こばん。もとの名はダイちゃん。
きょうだいと比べれば大きいと
いうだけで、ほんとに小さな猫だった。
よくぞ真珠を産み育ててくれた。

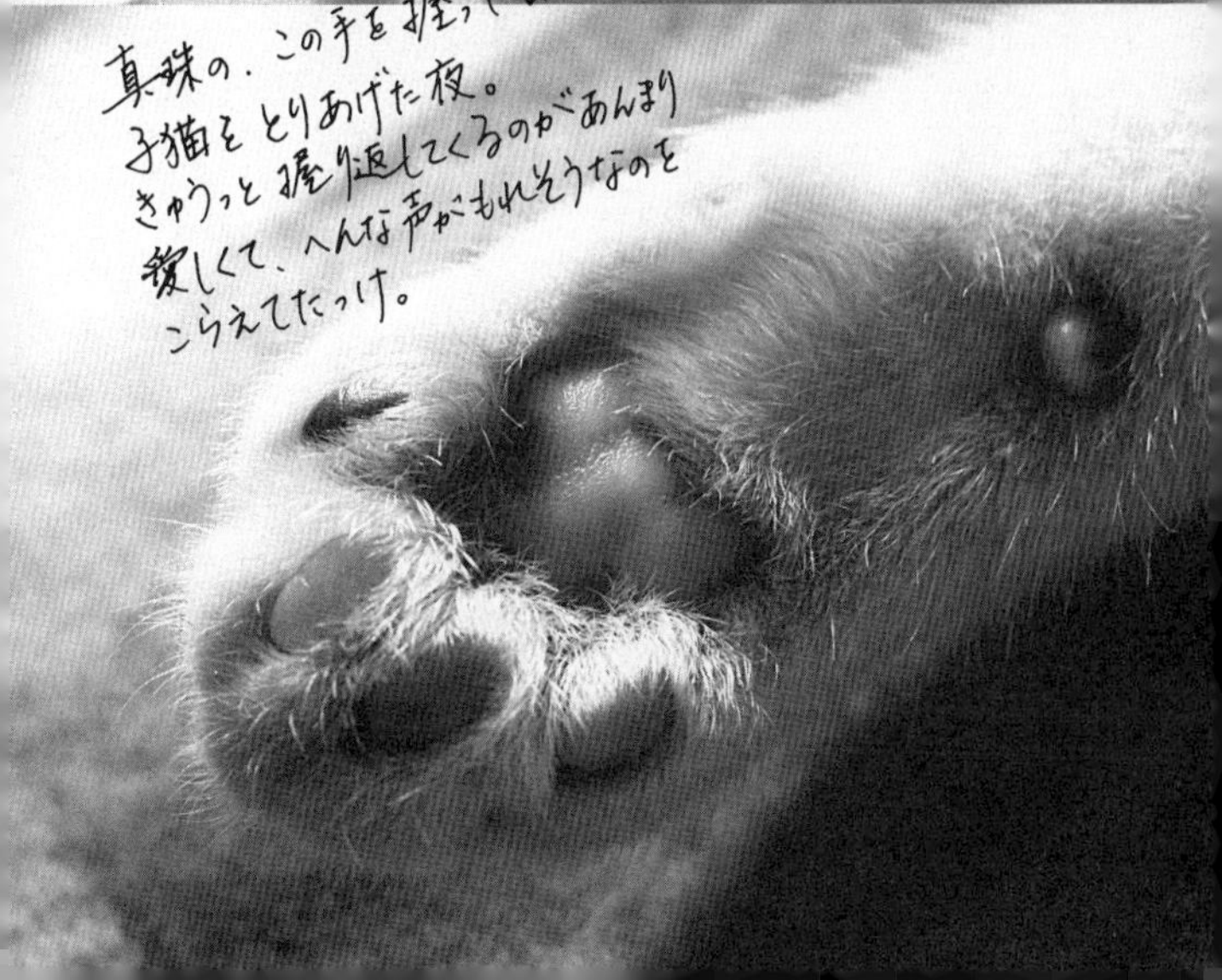

真珠の、この手を握って四匹の
子猫をとりあげた夜。
きゅうっと握り返してくるのがあんまり
愛しくて、へんな声がもれそうなのを
こらえてたっけ。

『愛しいけれど不自由』の巻

こばんの乳房炎が日に日によくなって、あの金太郎みたいな腹巻きが取れてしまうと、娘の真珠はまたしてもおっぱいに吸いつくようになった。生まれてからもう三か月にもなるのに。

「親より大きくなってもおっぱい吸ってるコもいるよ」

動物病院の先生がいみじくもそう言っていたように、もともとひどく小柄なこばんの体はこの時点ですでに真珠に追い越されそうで、知らない人が見たらどっちが親だかわからないくらいだった。

私たちがアメリカへと出発したのは、バリカンで剃《そ》られたこばんのおなかの毛がぽちぽち生え揃《そろ》い始めたころだった。

アメリカ西部の各州（アリゾナ、コロラド、ニューメキシコ、ユタなど）を訪れるのは、数年前に出版した長編小説『翼』の取材以来、二度目になる。あの作品に描いたネイティヴ・アメリカンの世界について、もっと深く知りたくなった私は、現地で知り合った人たちとその後も連絡を取り合い、あれこれ日程を調整してもらった末に、今回ようやく一か月の旅の予定を立てたのだ。いまさら取りやめるわけにもいかない。

うーん弱ったもんだ、と私は思った。もともと野良であるはずの猫たちを残していくことがこんなに気がかりだなんて。

以前はもっと気軽に旅に出ていた。それがこのごろでは、ほんの二、三日留守にするだけで後ろ髪がごっそり抜けそうだ。行きたいところも、行かなくちゃいけないところもまだまだたくさんあるのに、いささか腰が重くなりつつあることは否めない。

私たちが家にいなくたって、狩りの名手であるこばんがさほど困りゃしないことはわかっている。母親の鑑《かがみ》のような彼女が、りっぱに真珠を育て上げるだろうこともわかっている。にもかかわらず、これほど気にかかってしまうということは、つまり、こばんが私たちに依存している度合よりも、私たちがこばんに精神的に依存している度合のほうが、はるかにまさっているってことなんじゃないだろうか[*30]？

うーん弱ったもんだ、と、私たちは飛行機の中で言い合った。

守ってやりたい存在ができてしまうと、人は、強くも弱くもなるものなんだねえ。

いのちと深く関わりあうというのは、愛しいけれど、不自由なことだねえ……。

ところで、気にかかるといえば——。

こばんと真珠の安否のほかにも、この旅の間じゅう気になって仕方のないことはもうひとつあった。

馬の〈ジャック〉のことである。

じつは、この旅に出かける前の年から、私と相方はウエスタン乗馬を習い始めていたのだけれど、通っているクラブにいるハチミツ色の馬・本名〈トップス・アンバージャック〉がもう可愛くて可愛くて、ベタ惚《ぼ》れしてしまっていたのだ。

子どもの頃から、生きものといえばミミズ[*31]以外は何でも好きな私だったけれど、どういうわけか猫と並んで大大大好きなのは、馬だった。馬の出てくる物語は覚えてしまうほどくり返し読んだし、映画などはかじりついて観ていたし、小学生の時の下敷きには、名馬ハイセイコーのポストカードをはさんで授業中うっとり眺めていた。ハイセイコーが何者かも知らずに、である。

そんなに馬好きになったのは、たぶん、西部劇の影響が大きかったんじゃないかと思う。友だちがピンクレディーやキャンディーズに夢中だったあの時代、すでに筋金入りの西部劇ファンだった私の部屋には、『夕陽のガンマン』や『荒野の七人』などのモノクロのポスターが貼ってあった。[*32]再放送の『ララミー牧場』を観るためだけに、学校から走って帰るくらいだった。

おまけに、なにしろ将来の夢は「インディアンのお嫁さんになること」だったので(当時はネイティヴ・アメリカンなんて呼び名すらなかった)、このまま人生を歩めば必ず馬とも親しくなれるものと信じて疑わなかったのだけれど——やがて下の兄から、西部劇というのはアメリカの時代劇に過ぎず、頭に羽根をつけたインディアンはもとより騎兵隊も保安官ももういないのだと教えられたときには、悲しくて半泣きになったものだ。生まれて初めての、夢の挫折だったわけである。

そんな私が、生まれて初めて馬に乗せてもらったのは、小学二年生の夏休み、友人一家と軽井沢《かるいざわ》へ遊びに行った時のことだった。*33 馬は美しい芦毛《あしげ》(白馬)で、名をアサカゼといった。

私が首からかけていたクローバーの花の首飾りを、ぬーっと鼻面をのばしてくるなりムシャムシャ食べてしまったことを別にすれば、彼は本当に性格の穏やかな優しい馬で、初めて間近に見るホンモノに感激した私がいきなり彼の長い首っ玉に抱きついたものだから、厩務員《きゅうむいん》のおじさんはびっくりしていた。あれから長い年月がたち、アサカゼはもうこの世にいないのだろうけれど、あの時の光景はいまだに鮮やかな色つき・馬小屋のニオイつきではっきり思い出せる。

長じて、高校生活最後の春休み。

大学に入学したらどんな部に入ろう、とワクワクしながら入学案内をめくっていたところ、「馬術部」の文字が目に飛びこんできた。馬場は埼玉県の志木《しき》にあって、上達した暁には荒川《あらかわ》の河川敷で遠乗りが楽しめる、と書いてある。もう、コレっきゃないでしょう!

勝手にそう決めて、

「馬術部に入りたいんだけど」

と両親に告げた、とたんに、母が叫んだ。

「あかん! 処女膜破れたらどないすんの!」*34

…………。

あまりの過激さに父も私もしぃーんとなってしまったのだけれど——十八のおぼこだった私にとって、母の言葉はもうタイヘンなインパクトで、結局、馬術部入部はあきらめてしまったのだった。

それからさらに十数年が過ぎ……。

数年前の夏、私はついに、四十日ほどかけてアメリカを車で横断することができた。これがつまり、先にも言ったとおり、小説『翼』の取材の旅だったわけである。

滞在中は、機会あるごとにホースバック・ライディングの現地ツアーに参加した。それぞれの国立公園では、馬でゆっくり林間コースをめぐりながら野生動物を見ることができたし、ナバホ族の聖地キャニオン・デ・シェイでは、生粋のナバホである地元レンジャー氏とキャンプを張ることもできた。さすがはお土地柄、どこへ行ってもたいていそういったツアーが用意されているんである。

しかし驚いたことに、あちらでは日本と違って、私のようなまったくの初心者でもいきなりひとりで手綱を握らされるのだ。たとえばグランド・キャニオンの谷底へ馬で下りるというツアーでも、ガイド役のナバホのおじさんは綱を引いてさえくれなくて、かわりに何をしてくれるかといえば、自分は自分で鼻息の荒い馬にまたがり、後ろからムチをふりあげて追いかけてくるんである。当然、私の馬はムチをおそれて早足に、というか小走りになる。鞍《くら》にしがみつきながら必死で後ろをふり返り、お願いだから走らせないでプリーズと懇願しても、ナバホのおやじ、無表情なまま聞こえないふりをする。これは怖かった。ムチより早足より、その無表情さが怖かった。後でわかったことだが、感情をあまり顔に表さないのはナバホの人たちの特徴らしい。

でもまあ、そんなスパルタ教育のおかげか、自己流ながらもだんだんと鞍の上でのバランスの取り方がわかってきて、三回目、モニュメント・バレーで乗った時には、我ながらかなり上達したように思えた。少なくとも、馬が小走りになるたびに鞍の前の突起《ホーン》にしがみつかなくても済むようにはなった。習うより慣れろ、というあれである。

舞台はこれ以上ないほど贅沢《ぜいたく》な、朝焼けのモニュメント・バレー。かつてジョン・フォード監督のもと、かのジョン・ウェイン[*35]が駅馬車を駆ったあの有名な谷間を、馬の背に揺られてパカポコ歩けるなんて、嗚呼《ああ》……！　感激のつきあたりを通り越して、もう夢心地である。「天国は馬の背にある」*36という言葉があるそうだけれど、本当のことかもしれない。

そして、思った。この果てしない大地を、人馬一体となって自由に駆けめぐることができたなら、どんなに素晴らしいだろう。そのとき鼻腔《びこう》をくすぐる風は、どれほど芳《かぐわ》しいことだろう。地平線へ向かって馬を駆れば、天馬のように空へと駆けあがる心地がするに違いない……。

〈馬に乗れたら〉という、長いことほったらかしになっていた夢に、突然また火がついたのはそういうわけだったのだ。

で、旅から帰ってすぐ探してみたところ、幸いにも家から四十分ほどの距離、山をひとつ越えただけのところに乗馬クラブが見つかった。それくらいの距離なら無理なく通えそうだし、平日会員なら費用も高くないし、忙しい忙しいと言っているばかりでは新しいことなんて何も始められない。よし、思いきって申し込んでしまおう。処女膜は、惜しいがあきらめよう（？）。

そうして、私と相方（↑なぜか巻き込まれた）は、週に一度のペースでそのクラブに通うことになったのだった。

えー、ところで。

いま日本で一般的な乗馬には、大きく分けて二種類あるのをご存じでしょうか。乗馬と聞いてたいていの人が思い浮かべるのは、きちんとしたジャケットに革の長ブーツでエレガントに歩みを進めたり、障害物を飛び越えたりする〈ブリティッシュ・スタイル〉のほうだと思うのだが、もう一方の、正直あまり盛んとは言えないほうが、私たちの習い始めた〈ウエスタン・スタイル〉。要するにカウボーイ乗りのことだ。

この二つは、馬も違えば鞍も違う。ウエスタンに用いられる馬は、サラブレッドよりもひとまわり小さいかわり、牛を追うに充分なだけ丈夫な〈クォーターホース〉[*37]と呼ばれるアメリカ産の品種で、西部劇に出演している馬はたいていこれ。競技もまた独特のものがあって、馬場に置かれた樽《たる》を回って戻ってくる速さを競う〈バレル・レース〉、あるいは、乗っている馬の後ろ脚を軸にしてきりきりとスピンターンさせたり、急ブレーキをかけて砂の上を十メートルもスライディングしてみせたり、馬場の中で緩急自在に走り回りながら規定の図形を描かせたりする〈レイニング〉などが盛んだという。聞けば、とくにレイニング競技の大会は、冬を除けば月に一回くらいは日本各地で行われているのだった。いやはや、ぜんぜん知らなかった。

でも、それよりもっと驚いたのは、ホースクラブのインストラクター氏からその大会のビデオを見せてもらった時だ。選手は男も女も、老いも若きも、テンガロンハットに長袖のウエスタンシャツ、ジーンズにウエスタンブーツでばっちりキメている。それがカウボーイたる者の正装なのだそうだけれど、悲しいかな日本人、似合っているとは言いがたい。[*38] 脚は短く顔は地味なので、はっきり言って服装だけが浮いている。それでもみんなものすごく楽しそうに、そしてけっこう上手に馬をあやつっているんである。

ううむ、こんな世界があったとは……。

思えば、こういう種類の驚きは今までにも何度か経験したことがあった。生まれて初めて海に潜った時や、アフリカのサバンナで気球に乗った時、野生のイルカと泳いだ時や、船の間近でザトウクジラが空へと躍りあがった時――驚きというより、それまで自分が世界だと思いこんでいたものの地平線がぐんっと遠くへ広がったような開放感、と言えばいいだろうか。それとも、閉めきっていた部屋の扉を開けてみたら足もとに宇宙空間が広がっていたかのような浮遊感。

そんなふうな手つかずの扉が、自分の中にまだどれほどたくさん残されているかを考えると、片っ端から開けてまわりたくてうずうずする。

とりあえず、まずは馬だ。

高台にあるクラブの馬場からは、晴れていれば遠くに富士山が見え、さらに馬の背によじのぼれば海まで見える。ロケーションは最高。最低なのは乗る人間の腕だけである。

一時間あまりのレッスンを終えると、人も馬も汗だくだ。冬の夕暮れなど、鞍を下ろしてやると、馬の背中からふわふわと白い湯気が立ちのぼる。鼻面はいつも温かに湿っていて、ビロード製のマシュマロとでもいった手ざわりだ。黒々とした瞳のたたえる優しさと、引きしまった体軀《たいく》から発散される雄々しさの奇跡的な共存——馬は、間違いなく、神様がお創りになった最も美しい生きもののひとつだと思う。

それほどまでに心酔している私だったから、最初のうちどうしても可哀想に思えて、乗った馬が言うことをきかない時でも、かかとで腹を蹴ることができないでいた。私がへたくそだからいけないんだ、このコが悪いわけじゃない、ついそう思ってしまって。

そうして、何度目かの同じ注意の後で、ついにインストラクター氏に叱られた。

「いいですか。蹴るのが可哀想だというなら、乗ること自体がすでに可哀想なんです。それでも乗ろうとする以上、人と馬の間の取り決めを乱すようなことをしないでください。馬が混乱します」

これは……こたえた。

馬との関係について私が抱いてきた安っぽい憧れ、つまり、友情とか忠誠とかいった幻想を、その一言でうち砕かれた気がした。

ということは、馬への愛情をつきつめていけば、〈乗らないこと〉に行き着いてしまうんだろうか……？

でも、私は乗りたい。やっぱり、どうしても乗りたい。それが正直な気持ちだし、いざ乗ると決めた以上は、馬によけいな負担をかけないためにも、早くうまくなりたい。いちいちおなかなんて強く蹴らなくても、少しの指示でちゃんと言うことをきいてもらえるくらいに。

こんなに真面目に通った習い事は、初めてだったかもしれない。とにかく一日も早くうまくなることが、今日こうしてヘタクソな私の練習につき合ってくれている馬たちへの、せめてもの恩返しになるんじゃないか。そんなふうに半ば無理やり自分を納得させながら通った。

でも、

〈乗ルコト自体ガスデニ可哀想ナンデス〉

やけどのように胸の奥に残るあの言葉を思い出すたび、何度も思った。馬の背にある天国が、乗る人間の側だけに許された一方的なものなのかどうか、いつか本当に私にわかる時が来るんだろうか、と。[*39]

ジャックに出会ったのは、そんなことを考えていた矢先だった。

身近に馬と接するようになって初めてわかったのだが、たいていの馬は、名前を呼んだところで振り向いちゃくれないし、犬や猫のように積極的に甘えてくるわけでもない。何というか、わりにしらっと醒めた感じの生きもので、それを知った時、私は正直なところかなりガックリしたのだった。うーむ、馬って思ってたのとだいぶ違うかも、と。

ところが、ジャックは例外だった。

やんちゃ盛りのジャックは、二歳のクォーターホース。からだ全体が淡いハチミツ色というかミルクティーのような色で、尻尾とたてがみはきれいなアイボリー、英語ではパロミノ、日本語では月毛《つきげ》と呼ばれる毛色の馬だ。

まだ若くて調教中だから乗ることはできなかったけれど、何より私が惚れこんでしまったのはその性格だった。小さい頃からおおぜいの人に囲まれて育ったせいか、まるで犬みたいに人なつこいのだ。目が合えばそばに寄ってくるし、こちらが歩けば後をついてくる。鼻の前に手を出せば、しょっぱいのが嬉しいのかべろべろなめるし、背中を向けるとシャツの裾をわざとくわえて引っぱってみたりする。そんなおちゃめな馬はめったにいない。スタッフからもほかのお客さんからも、「こいつって癒し系だよねぇ」なんて寄ってたかって可愛がられているこの馬が、おやまあなんと、〈FOR SALE〉ときたもんだ。

と、いうわけで――ずいぶん説明が長くなってしまったけれど――相方と二人、二度目のアメリカ西部を旅している間じゅう、私はジャックのことが、つまりジャックがすでに誰かに買われてしまって、帰った頃にはもうあそこにいないんじゃないかということが、気になって気になってたまらなかったのだった。

ジャックが恋しい。

ジャックに乗りたい。

そしていつかは、ジャックとこばんと真珠と、みんな一緒にどこか広い農場のようなところで暮らせたら……！

それは、そう簡単に叶うあてもない、遠い夢の始まりだった。


初めて会う顔。懐かしい顔。白い肌の顔。赤い肌の顔……。

再び訪れたアメリカ西部で、ナバホ族やホピ族の居留地に暮らすさまざまな人たちの話を聞かせてもらう合間に、私たちはまたしても、ひまを見つけてはせっせと馬に乗った。

一年間みっちり習った甲斐《かい》あって、あのモニュメント・バレーを自由に駆けめぐる、なんてこともできた。リヴェンジ成功、である。

この時のガイドを務めてくれた、ナバホ族出身のガイさんがまた大変な人物だった。かなりのご老体で、当初は、

（だ、大丈夫なんかな）

と、こちらが心配になるくらいヨボヨボに見えたのだが、しばらくの間かったるそう

に馬を歩かせていたガイさん、途中でふと止まると、ふところから何やらごそごそアルミホイルの包みを取り出した。中から出てきたのは、ウサギのフンのような茶色い粒。ガイさんはそれを口に放りこんで一気に水で飲み下すと、横からまじまじ眺めていた私とM氏に言った。

「欲しいか？」

私たちはぷるぷると首を横に振った。だってそれ……なんですのん？

「これはな」

と、ガイさんは歯のない口でおごそかに言った。

「ペヨーテ・サボテンを干したものなのじゃ。アホな白人どもはこれを麻薬《ドラッグ》と呼ぶが、我々は薬《メディスン》と呼ぶ。食えばほれ、たちまち元気が出てくる」

なーんてなことを話していたかと思うと、ガイさん、いきなり自分の馬のお尻にぴしりとムチをくれ、

「イィィィィーヤッホーーーッ！」

奇声をあげて走り出した。つられた私たちの馬までがダダッと駆け出す。

ひえええ〜っ！　何すんだよぉ、怖いよぉ〜っ！　ととと止まんないよぉ〜っ！

下はと見れば、鋭いトゲのあるサボテンと岩ばかり。

（落ちたら首の骨……）

不吉な考えが脳裏をよぎり、文字通り必死の形相でついていく私の耳に、聞こえてきたのはガイさんの歌う調子っぱずれなナバホ語の歌だった。

「ヘイエイヤーエノハー、エノハーヘイ、ヒャーッホホホ！」

歌ってるんだか笑ってるんだか、すでにわけがわからない。ナバホの爺《じい》さま、ペヨーテの幻覚作用でぶっ飛んじゃったんである[*40]。

これほどのスピードで走る馬に乗るのは初めてだった。これほどの広さの中を走るのも初めてだった。でも、慣れてくるとこれがめちゃくちゃ気持ち良くて、やがて私たちはガイさんと一緒に奇声をあげ、大笑いを始めていた。

パカラッパカラッパカラッパカラッ……三頭ぶんの蹄《ひづめ》の音があたりの峡谷にこだます る。空や雲や、岩山の輪郭が、信じられないほどくっきりと鮮やかに感じられる。馬の脚が力強く大地を蹴って、前へ前へと私を運ぶたびに、五感がどんどん研ぎ澄まされていくのがわかる。空気の粒子まで目に見える気がした。文明の利器ばかりに囲まれた暮らしの中で、ふだんの私はなんて鈍感になっていたんだろう。

やがて峡谷全体を見渡せる高台に出ると、ガイさんはようやく止まった。無駄のない動作で鞍から滑りおり、人が変わったかと思うほどきびきびと木の枝に手綱を結ぶ。私たちも、息を整えながら馬をおりた。ここに来なければ絶対に見ることのかなわない景色が、地平線の彼方まで広がっていた。

悪い予感というのは、どうして当たってしまうんだろう。

一か月の旅を終えて私たちがアメリカから帰国した時、こばんと真珠は、やっぱりいなくなってしまっていた。カビが生えたりしないように、今度は薄いポリ袋に小分けにして置いていった山ほどのキャットフードは、袋を爪で破ってきれいに食べつくしてあったけれど、家のまわりのどこを捜しても、どれだけ名前を呼んでも、あの懐かしいかすれ声は応えてくれなかった。

留守がちな私たちに愛想を尽かしたのかもしれない。そう思ったら、ひどくせつなかった。せめて、どこかの家で元気にしているかどうかだけでも知ることができたら……。

そのまま、二週間あまりが過ぎたろうか。

ある朝、徹夜明けでようやく寝入ったばかりだった私は、どたたたたたと廊下を走ってくるM氏の足音で無理やり夢から引き戻された。ばーん！　とドアが開く。

「おいっ、真珠だ真珠！」と彼は叫んだ。「外に真珠だけ帰ってきてる！」

＊30　これについては、じつは動物を飼えば必ず起こることだと今は思っている。支えているつもりで、支えられている。

＊31　心から言うが、こいつだけは本当に、本当に、ほんとうに嫌い。夢でうなされるほど。
＊32　東京・吉祥寺の雑貨店で一枚五百円だった。まさか『夕陽のガンマン』から五十年後に、クリント・イーストウッドがこれほどの名声を得ていようとは思いもよらなかった。
＊33　思いもよらなかったといえば、これもである。まさか四十年後、軽井沢へ引っ越すことになろうとは！
＊34　昔の人はそう信じていたようである。ちなみに、入ったのはアーチェリー部だったが、彼氏ができたので結果は変わらなかった。
＊35　正直なところ、デュークことジョン・ウェインの映画は好きじゃない。十代の私に最も刺さった西部劇は、『ソルジャーブルー』。正義の味方・騎兵隊の狂気が描かれていた。
＊36　イスラム教の聖典『コーラン』の中の言葉。
＊37　クォーターマイル、つまり約四百メートルを走ればサラブレッドより速いと言われる、瞬発力勝負の馬。
＊38　競技参加のために、後にすべて揃えました……。
＊39　この自問への答えを知りたくて書いたのが、乗馬耐久競技に挑戦する少女が主人公の『天翔る《あまかけ》』。ただひとつ言えるのは今の日本において、馬は、人が乗らない限り生かしておいてもらえないということ。
＊40　ペヨーテの幻覚作用は、小説『翼』の中で重要な役割を果たしているが、実際にぶっ飛んでいる人を見たのはこの時が最初だった。

『さよなら、こばん』の巻

朝方ようやく寝ついたばかりだった私の寝ぼけた頭は、相方がいったい何をそんなに大騒ぎしているのか、すぐには理解できなかった。

騒ぐだけ騒いで、彼は再び、どたたたたたと走って戻っていく。ようやく覚めてきた頭の奥のほうで、彼の言葉がこだまする（……だけ帰ってきてる……外に真珠だけ帰ってきてる……外に真珠だけ）。

「えええっ！」

ガバッと飛び起きた。ふとんをはね飛ばし、ベッドから転げ落ちるようにして勝手口へ走っていった私を、彼がシーッと押しとどめた。

足音におびえて竹林に飛びこんだ真珠が、すぐにまた現れてミャアオウ、と鳴く。びっくりした。顔つきこそはまだあどけない子猫だけれど、ひと月半ほど見ない間に体は二倍ほどになっていたからだ。おまけに、真珠にしてはあまりに人なつっこすぎる。私たちに向かってあんなに鳴くなんて……でも、どこからどう見ても真珠に間違いはない。

「こばんだけ居ないんだよ」と彼。「こりゃ何かあったな」

前にも聞いたようなセリフだ。

「大丈夫だってば」と私は言った。「真珠をひとりにするはずないもん、きっと近くにいるよ」

その間にも、真珠は鳴き続けていた。甘えて鳴くというより、声をふりしぼって、必死に何かを訴えている[*41]。

パジャマのまま外へ下りてみると、真珠はまたしても竹林に飛びこみ、また顔を出し、そして驚いたことに、ためらいながらも少しずつ近づいてきた。怖いけどそばへ寄りたい、寄りたいけど怖い。私と竹林の間を行きつ戻りつしながらも、だんだん距離をつめてくる。その間じゅう、息を吸うひまもないほどひっきりなしに鳴き続けている。酸欠で倒れやしないかと心配になるほどだ。

どうしてひとりぼっちなんだろう。本当にこばんに何かあったんだろうか。そのせいで、何とかしてくれと私たちに助けを求めてるんだろうか。ああもう、鳴いてるばかりじゃわからないじゃないの。

とにもかくにも、朝のおかず用のシシャモ[*42]を出してきて、そっと草むらに置いてみた。よほど空腹だったらしく、真珠はシシャモを見たとたん、残りの距離を一気に駆け寄ってきた。匂いさえろくに確かめずにむしゃぶりつき、

〈ん、んまいようっ、んまいようっ〉

目尻に涙をにじませながら飲み下す。

食べ終わるなりまた鳴きだした真珠に、私はそうっと手をのばした。反射的に逃げ腰になったものの、真珠は、はた目にもわかるくらいの努力でその場に踏みとどまった。

緊張のあまりぴたりと鳴きやんだその体が、小刻みに震えている。できるだけ怖がらせないようにと、頭の上からではなくアゴの下から手をやって、人さし指一本で真珠の白い胸にさわった。びくっとしたけれど、逃げない。体をコチコチにこわばらせてぎゅっと目を閉じ、地面にしっかり爪をたててこらえている。信じられない思いで、胸から背中へと撫でていく。まだ逃げようとしない。ゆっくり、ゆっくり、撫で続ける。と……。

ふいに、石のようだった体から一気に力が抜けるのがわかった。それどころか——。私は、勝手口から首を突き出している相方を見上げた。そうして、真珠を驚かすことのないように、小声で報告した。

「このコ……甘えて、のど鳴らしてる」

その日以来、ログハウスの床下は真珠の寝場所になった。さんざん鳴きすぎたせいでしばらく声がかれて出なかったことを除けば、彼女はいたって元気だった。

あいかわらず頑固なタコオヤジのせいで家には上げてもらえなかったものの、毎朝、私が寝室の雨戸を開けると、裏山のどこにいても音を聞きつけてふっとんで帰ってきた。そうして、とりあえず彼女の気がすむまでヨシヨシと撫でてやらないことには、ご飯にすら見向きもしないのだった。

一方……母親のこばんは、待てど暮らせど帰ってこなかった。のんきな私も、さすがにおかしいと思い始めていた。無事でいるなら、あれほど可愛がっていた真珠をこんなに長くほうっておくはずがないのだ。

毎日毎日、自転車であちこちを捜した。とくに、前にこばんを見つけた裏山の向こう側へは時間をずらして何度も行ってみた。いつかきっと、またバッタリ会える。会えないでいるのはタイミングの問題だ、ただそれだけなんだ。……必死で自分にそう言い聞かせているのに、彼は、性懲りもなく言うのだった。

「やっぱり何かあったとしか」

「やめてったら、もう！」

——でも、性懲りのなさでは私のほうが上だった。真珠が現れてから十二日目の朝早く、私はついに、ついにこばんを見つけたのだ。思ったとおり、場所は前ときっかり同じところだった。

おおかた二か月ぶりに会ったせいだろうか、こばんは初め、私の姿を見るとスッと草むらに隠れたけれど、懸命に名前を呼んでいるとようやく這《は》い出してきて、体をスリスリこすりつけて甘え始めた。

「よしよし、うちで真珠っぺが待ってるからね」

しっかり抱いて連れて帰りながら、私は腕の中のこばんに話しかけた。

「お前のこと恋しがっちゃって大変だったんだよ。いったいどこではぐれたんだろうねえ、お前たち」

こばんを見たら、彼はきっとまた、「うそっ、どこにいた？」と叫ぶに違いない。なんだかデジャヴを忠実になぞっているみたいで、笑いがこみあげてくる。

こんな心配はいやだ。もう二人そろって長い旅なんかしないで、家にじっとしていよう。そうして毎日、猫たちと日向ぼっこして過ごすのだ。そうだ、そうしよう……。

——ところが。

家に着いてこばんを下ろし、せっせとキャットフードを食べさせていた時だ。裏山から真珠が帰ってきて、はたと立ち止まった。

二匹の猫が見つめ合う。

先に動いたのは、真珠のほうだった。相手が母親だとわかるなり大喜びで鳴きながら走り寄ってきた、そのとたん、こばんがシャアアッと威嚇の息を吐いたのだ。

「こばんっ？」

びっくりして止めたのだが、こばんの怒りはおさまらなかった。戸惑って立ちすくんだ真珠が気をとり直しておずおず近づくたびに、牙をむいてうなる。それでもこりずに近づいていくと、前足で頭を叩《たた》き、爪を出して引っかこうとさえするのだった。

あまりの激しさにうろたえた私たちは、それぞれを抱きあげて何とかなだめようとした。

「よく見てごらんよ、こばん、真珠だよ？　忘れたの、ほら、あんたの娘だよ？」

フウウーッ！　とこばんが毛を逆立てる。

真珠を見忘れたんじゃない。相手が真珠だからこそ怒っているのだとしか思えない。

まさか……まさかこれが〈子別れ〉なんだろうか？　昔、映画の『キタキツネ物語』*43で観たことがある。種の存続のために、母ギツネは子ギツネに向かってある日とつぜん牙をむき、追い出してしまうのだ。

どうすればいいんだろう。もしも二匹の共存がどうしても無理なのだとしたら、こばんか真珠か、どっちかを選ばなくちゃならないんだろうか。そんなの、選べるわけがないじゃないか。

ンギャオオオウウ！　とこばんがわめく。

真珠は、どうしてこんな仕打ちを受けるのかわからないといった顔で耳を伏せて縮こまっている。鼻の先のひっかき傷からうっすらと血がにじんでいた。少しでも身動きしようとするたびに、シャアアーッとこばんが威嚇する。

とうとう耐えきれなくなった真珠は、やがてM氏の膝からとん、と降りた。こばんの唸《うな》り声に追い立てられるように、とぼとぼと家の前の坂を下り始める。これまでは坂の下へなんか怖くて行ったこともなかったくせに。

後ろ姿があまりにも寂しくて、真珠、真珠、と必死に呼び止めるのに、ふり返りもしない。このまま出てってしまうつもりだろうか。もうここにはいられないと悟って……。

その時だった。じっと真珠を見送っていたこばんがふいに、私の膝を蹴って飛び降りたかと思うと、ものすごい勢いで追いかけていった。そんな、そこまで追い詰めなくたって！

そうじゃなかった。走っていったこばんは、真珠の行く手をさえぎるなりひと声鳴いて、再び私たちのほうへ猛然とダッシュで戻ってきたのだ。つられて真珠が後を追ってくる。許してもらえたと思ったのか、嬉しそうに飛び跳ねながら追いかけてくる。

けれど、こばんは立ち止まらなかった。そのまま私たちの足をかすめるように駆け抜け、裏山へ駆けのぼり、真珠が追いつくひまもなしに竹林の奥へと駆けこんで消えてしまったのだ。

あっというまの、本当にあっというまの出来事だった。

私たちの足もとでは、取り残された真珠が母親を求めて、悲痛な声で鳴き続けている。

〈ナンデダヨーウ、ワカンナイヨーウ〉

私だって真珠と一緒に泣きたかった。いったい何が起こったんだかわけがわからなかった。わからないのに、いや、わからないからこそ、せつなすぎて胸が苦しい。これが本当に〈子別れ〉と呼ばれるものなのだとしたら——生きもののおきてって、なんて厳しいんだろう。やりきれない。

「きっとさ……」真珠を抱き上げながら、相方がつぶやいた。「きっとあれは、『あたしは出てくからお前がここに残りなさい』って意味だったんだ」

ずずずず、と洟《はな》をすする音に、私は驚いて隣を見やった。彼はなんと、真珠の背中に鼻をうずめて、ぼろぼろ泣いているのだった。

やがて、ようやく落ち着いてきた真珠が、いつものように甘えてのどを鳴らし始めた。

〈ぐぅるぐぅる……ぐぅるぐぅる……〉

ぼんやりと立ちつくして、私たちはいつまでもそのくぐもった音を聞いていた。

こばんの消えていった山道を見あげながら。

＊41　こういう鳴き方をする猫を見たのは、この時ともう一度きり。のちに家出した私が、ひと月ぶりにもみじを迎えに帰った時だった。

＊42　ちなみにこのころ、食事のしたくは旦那さん一号の担当だった。食事だけでなく家事全般。

＊43　若い人はご存じないだろうと思ったら、二〇一三年に三十五周年のリニューアル版が上映されたとのこと。ドキュメンタリーなのだけど、当時大ヒットした。私も下敷き持ってた。

『はじめてのリボン』の巻

そうこうするうちに年は明け――。

真珠は新年早々、お餅の海苔《のり》を拾い食いして上あごに貼りつかせ、はがはが、はがはがと二本足でそこらじゅうを踊りまわりました。可哀想だけど、これが我が家の初笑い。

さて――涙、涙の〈子別れ〉から何週間たっても、こばんはあれっきり、ただの一度も姿を現さなかった。

あんなに可愛がっていた娘の真珠に、ある日とつぜん威嚇の息を吹きつけ、牙をむいて拒絶してみせたこばん……。

こうまできっぱりと子を切り捨てて、無理にでも独り立ちさせようとする猫の世界を、薄情というのか、それとも潔いというべきなのか、私にはわからない。たとえば愛しい人たちと一緒に歳を重ね、残り少なくなっていく時を惜しみながら慈しみ合うなんていうのは、そもそも時間という概念を持つ人間だけに許された幸福なんだろうけれど、その反対に、親離れ子離れがうまく果たせないまま互いを傷つけ合ってしまうのも、これまた人間だけが持つ不幸なんじゃないかと思うからだ。[*44]

そんなわけで、私は、真珠のもとに帰ってこようとしないこばんのことを思いだすたびに、少しの恨めしさと、少しの憧れと、そして、少しどころではないせつなさを覚えたのだった。

――でも。

昔の人はうまいことを言ったものだ。

「禍福はあざなえる縄のごとし」

そして今、ワタクシ村山は思うわけであります。

「晴れ　ときどき猫背」

と。

そう、人生、そうそう晴れの日ばかりじゃない。時にはつらいことだってめぐってくる。けれど、雨の日の猫みたいに、背中を丸めてつらいことをやり過ごしたその後には、ちゃんと嬉しいことが待っているものなのだ。たとえそれが「猫背　ときどき晴れ」くらいの割合だったとしても、とにかく必ず。

そして今回のこれはもう、私にとっては人生最大級の、メガトン級の〈晴れ〉だった。何しろ、あのM氏が、ついについに、真珠を家に上げることを許してくれたのだ！　アンッビッリーバボー！

変化は、きっぱりとではなくじわじわと訪れた。

最初のうち真珠に許されていたのは、泥足で床が汚れても掃除のしやすい勝手口周辺とサンルームだけ、しかも時間帯は、いつでもトイレのために外に出してやれる昼の間だけだった。私は真珠専属のドアマンと化して、彼女が入りたいと鳴けば入れてやり、出たいと鳴けば出してやり、夜はゴメンネゴメンネと謝りながら外に抱いていって、これまでどおりログハウスの床下の段ボール箱に毛布を敷いて寝かせていた。

でも、いくら南房総といったって冬はやっぱり寒い。どんどん冷え込みが厳しくなっていくにつれて、さしもの相方もついに私の説得に（というより、例の子別れを目撃して以来、堰《せき》を切ったようにあふれてしまった真珠への情に）抗いきれなくなったらしい。ある日彼は、ホームセンターのペット用品売り場で、壁やドアに取りつけられる〈猫用出入り口〉を買おうよ買おうよという私の懇願に、とうとう首をタテに振ったのだった。おお、アンッビッリーバボー！

これは、U字形の透明なプラスチック製の扉で、ふだんはマグネットで閉じているのを猫がぐいっとおでこで押して出入りできるようになっている。[*45] 今の世の中、あったら便利だなと思うものはたいていどこかに売っているのだ。

ところが、私がその箱だけを持っていそいそとレジに向かおうとすると、彼が後ろから呼ぶのが聞こえた。てっきり、やっぱやめよう、と言うのかと身構えながらふり向いたら、違った。彼はこう宣ったのだった。

「ホットカーペットも買ってやろうよ」

「へっ？」

「だって、夜中に薪ストーブ消えたらあの部屋寒いぜ？　真珠ひとりで可哀想じゃん」

ど、どうなっちゃったんだ、この人は？　と私は思った。人格崩壊か？

これはもう、アンビリーバボーどころの騒ぎではない。あまりにも極端な変貌ぶりに、かえって人間不信に陥りそうになる。

私の実家に住んだ歴代の猫たちの誰ひとりとして、ホットカーペットなんかの上でおやすみあそばされた猫はいなかった。みんなそれなりに暖かなところを見つけて、適当に丸まって寝ていたが、誰も風邪なんかひかなかったのだ。

（よかったねえ真珠、案外ちょろいご主人で）

心の中でつぶやきつつ、〈ペット用ホットカーペット〉なるものの見本を手に取る。五十センチ四方ほどの大きさで、汚れてもすぐ拭けるビニールカバーがついているほかは人間の一人用ホットカーペットと変わらない。なのに……値札をひょいと見たとたん、私はのけぞってしまった。

ろ、六千九百八十円？　アホぬかすでねぇだ。こんなの、人間用のだったらせいぜいサンキュッパくらいで買えるはずだぞ。

てなわけで、私たちはペット用品売り場からニンゲン用品売り場へと引き返し、同じサイズのホットカーペットを探した。幸い、すぐに見つかった。ただし、サンキュッパではなかった。たったのイチキュッパだった。うひゃひゃ。

家に帰るなり、M氏は休みもせずに電動ドリルを取り出し、サンルームの壁の目立たないところに〈猫用出入り口〉を取りつけてくれた。ついでに、出入り口の外側を覆うように換気扇用の雨よけカバーも。そうしておけば、雨の日に用を足しに外へ出たときも、濡《ぬ》れずにそのまま床下へ入れる。

腹ばいで壁にゴリゴリ穴を開けている彼の背中を見下ろしながら、私は、つくづく思った——〈洗脳に十一年か〉と。

いやはや長かった。よくぞここまで変わってくれたもんだ。というか、我ながらよく頑張ったもんだ。

魚の切り身をエサに、中にいる真珠を外から呼び、外にいる真珠を中から呼び……ほんの数回の練習で、彼女は自由に内と外を行き来できるようになった。

そうして、その夜初めて、真珠は完壁に安全な家の中でぐっすりと眠ったのだった。

サンルームのベッドに置かれた、小さなホットカーペットの上で。

幸いなことに、イチキュッパのホットカーペットは、性能面でもまったく問題なかった。真珠はそれをとても気にいってくれたし、上にバスタオルをたたんで敷いてあるので、低温やけどの心配もなかった。

となると、あきれてしまうのは、あのペット用ホットカーペットの値段のあまりの高さである。

カーペットばかりではない。物言わぬ愛猫や愛犬のために、自分にできることなら何でもしてやりたいという飼い主の情をアテにしてか、ペット用品売り場に置かれているものの多くはあっけにとられるようなお値段がつけられている。おまけに、ほとんどがほかの何かで代用できるようなものばかりなのだ。猫用トイレなんて何も四千円近くも出さなくてもキッチン用の水切りトレイで充分だし[*46]（真珠は外の林で用を足してくれるのでそれすら買わなくてすんだけど）、トイレの砂をすくう専用のスコップ（五百八十円也《なり》）にしても、似たようなものが、百円ショップに行けば当たり前だが百円で売っている。犬猫用の食器類に至っては、お魚や骨のイラストがついているだけで人間の食器より高かったりするのだ。

こういうのを見ると、しみじみ思う。ああ、ペット用品というのは、当の動物たちのため以上に、人間のためにあるんだなあと。

どんなに愛情を注いでも、私たちの言葉は彼らには通じない。愛してるよ、といくら言ったところで、わかってるさ、とか、私もよ、と、はっきり口にしてもらうことはできない。そのもどかしさや、彼らへの（彼らを何らかの形で束縛していることへの）拭いきれない後ろめたさを埋めるために、私たちはペット用品につい高いお金を支払ってしまうのかもしれない。そうすることで、自分はこんなにこのコを愛しているのだと確かめられた気がして、何となく安心したり、つぐなえたように思ったりするんじゃないだろうか。

えらそうなことは言えない。私だって同じなのだった。バカ高いホットカーペットこそ買わなかったものの、ようやく名実ともにうちのコになる真珠にどんなリボンをつけてやろうかと思ったら、つい凝りに凝ってしまった。ずっと取ってあったエルメスのリボン[*47]（空港の免税店でシルバーの指輪を買った時の）に、これもずっと前に片方なくした金色のピアス（金のじゃないです、念のため）をぶらさげたら、きっと似合うにちがいない、なんて……。

けれど、いざ真珠の首にそれを結ぶ段になると、私はものすごく緊張した。首輪をつけること＝《イコール》真珠がこれまで持っていた何かを奪うこと、のような気がして、なんというか、畏《おそ》れにも似た感情で指がもつれてしまったのだ。

そして、なぜこれまで自分が無意識のうちにもこばんや真珠に首輪をつけることを避けていたのか、初めて腑《ふ》におちた。

首輪は、ある時は所有のしるしであり、ある時は契約の証しなのだ。私は真珠を所有、するつもりなどないけれど、野良ではありませんよ、というサインとしてこのリボンを結ぶ以上はもう、彼女との契約から逃げるわけにはいかない。「外猫だから」とか、「うちで飼ってるわけじゃないから」なんていう言い訳は通用しない。生まれた時から半野生児として生きてきた彼女に、本当に「うちのコ」になってもらいたいなら、かわりに、彼女の命に関する責任のいっさいは私たちが負わなければならないのだ。

　これからは、二人いっぺんには絶対に家を空けられなくなるだろう。それはつまり、真珠と引き替えに、自分たちの自由を差し出すということだ。

　それでも——相方共々いったん心を決めてしまうと、想像していたほどの困惑も、これから先への不安もなかった。かえって、こういう大きな変化を受け入れるだけの覚悟を持てた自分たちが、少し嬉しくさえあった。

　それはきっと、程度の差こそあれ、共働きの夫婦が赤ん坊を産み育てることを決心する時と同じ種類の覚悟だったように思う。人間の赤ん坊と猫を比べるなんて……とは言わないでほしい。どちらも、温かくて柔らかな、そこにひとつしかない〈いのち〉には違いないのだから。

　リボンの端にじゃれつこうとする真珠をなだめすかしながら、細い首の後ろできゅっと結び目を作ったあの瞬間を、私はきっと、一生忘れないだろうと思う。

　十年以上もの間、生きものの温かさとは無縁だった我が家に、その日、新しい時代が訪れたのだ。[*48]

＊44　こう書きながら、私はこの時まだ、自分自身の問題には気がついていなかった。自分がいまだに「母の娘」であり、だからこうも苦しいのだと知るのは、家を出て一人暮らしをし、『ダブル・ファンタジー』を書き始めてからのことになる。

＊45　この時選んだ猫用ドアにはセンサーがついていて、猫が首輪につけている発信キーに反応するとカギが開きます、よその猫は入れません、というのが売りだった。実際には、キーが首のうしろに回ってしまうなどして反応せず、うちの猫も入れなかった。結局カギはかけないでおくことに。

＊46　今は様々な機能のトイレがあるのでこの限りではないが、やっぱり高いとは思う。

＊47　これを読み返して思い出した。「へるめす、とかいうとこのリボン」（『もみぶん』参照のこと）をつけたのは、もみじが母親に次いで二代目だったんだなあ。

＊48　二十世紀最後の年の冬でした。

『シェイミー様お出迎え』の巻

自分で野菜を作っていて良かったぁ、と感じる回数がぐっと増えるのは、毎年、こんなふうな寒い季節になってからだ。

うちの野菜は無農薬の有機栽培なので、ふだんはどれも虫に食われた穴だらけ。べつに出荷するわけじゃなく、自分たちがおいしく食べるためだけに作っているから、見た目なんか悪くたってどうということはないのだけれど、それでも、冬場はその虫食い穴がほとんどなくなるし、ということは口に入れる前にアオムシがついてないかどうか矯《た》めつ眇《すが》めつしなくてもよくなるわけだし、それより何より、朝夕の冷えこみを堪え忍んだ野菜は、しっかりと、みっちりと、味が濃くなる。いいことずくめなのだ。

畑は(といっても小さなものだけれど)、山の中腹に建つ我が家のすぐ裏手にあって、三方をそれぞれ雑木林と、竹林と、裏山へ続く斜面とに囲まれている。

日暮れ時、土をいじる手を休めて痛む腰をのばすと、ふもとにひろがる一面の田んぼを山吹色に染めながら、巨大な夕陽が山の稜線《りょうせん》に沈んでいくのが見える。あまりの美しさに息をするのも忘れて見入っているうち、ふいに泣きだしたいような衝動に駆られてうろたえたりもする。

美しくて、でも決して長くは続かない、はかないもの……たとえば雨あがりの虹や、春風にほよほよとそよぐ赤ちゃんの産毛や、降りしきる桜吹雪や、目があいたばかりの子犬の青みがかった瞳……などなどを見ると、不意打ちのように胸をしめつけられるのはどうしてなんだろう。もしかして、無意識のうちに命の行く末を思ってしまうからだろうか。

そんなふうに、いきなり感情を強く揺さぶられることが、どうもこのところ、とみに増えてきたみたいな気がする。

……歳のせいでしょうかね、やっぱり（タメ息）。[*49]

ところで。

前にご紹介したクォーターホースのジャックの件で、ちょいとショッキングな事実が判明したので、お伝えします。

ジャックの本名（血統書名）は、先にも書いたとおり〈トップス・アンバージャック〉という。

その人なつっこさと茶目っけにゾッコン惚れこんで以来、私は、彼が恋しくて恋しくて恋しくて、ものの たとえじゃなく本当に夢に見るほどにまで恋いこがれていたのだけれど……なな、なーんと！　よくよく聞いてみたら、ジャックのやつ、〈彼〉じゃなくて〈彼女〉だというではないですか。

皆さん、オスだと思ってたでしょう。ま、誰だってそう思いますぁね、この名前じゃね。まったく、いくら血統をわかりやすくするために親の血筋からちょっとずつ名前を取るのが慣例[*50]だからって、あんまりまぎらわしい名前をつけないでほしい。

とはいうものの、たとえ性別がどうであろうと、私にはもうジャック以外の馬なんて考えられなかったわけで、ついに〈彼女〉はめでたく私の愛馬となり[*51]、ふだんはこれまでどおりクラブで預かってもらうことになった。本当は一緒に暮らしたいけれど、うちにはそんな広い土地はないし、狭いところに押しこめられるより、千坪もの馬場があって、愛想のいい犬たちが自由に駆けまわっているようなこの環境にいるほうが、ジャックにとっても幸せに違いないから。

ところが、私とジャックのアツアツぶりを見せつけられているうちに、どうやらM氏、独り身が寂しくなってしまったらしい。

ちょうどそんな時だった。埼玉にある別の乗馬クラブのオーナー氏が、アメリカで種付けした馬を、お産の前に日本に運びたがっているという話が舞いこんできたのだ。

母馬の名前は、おお、これまた男らしい、〈シェイミー・コマンドー〉。馬の妊娠期間は約十一か月なのだが、すでに八か月目に入っているので、運ぶなら急がなければならない。

聞けば、オーナー氏が欲しいのは子馬のほうだという（なんでも父馬が、アメリカのウエスタン競技で最高額賞金をたたきだしたチャンピオン馬なのだそうな）。それなら、無事に子馬が生まれて乳離れまで済んだ暁には、子馬のほうはそのオーナー氏が自分のところに引き取り、母馬のシェイミーは私たちが引き取って、ジャックともどもこちらのクラブで面倒をみてもらうということではどうだろう？　と、トントン拍子に話が進み……。

やがて私たちはアメリカからはるばる旅をしてきたシェイミーを迎えに、成田《なりた》まで出かけていったのでありました。

しかし、迎えにいくと簡単に言ったって、まさか空港の入口で〈シェイミー様お出迎え〉なんて旗をふって待ってれば出てきてくれるわけではない。ご存じのとおり動物には検疫という厄介なものがあって、しかも妊娠中の馬となると、通常なら十日で済むところがその倍にも延びてしまうという。

「妊娠してるなんて、黙ってりゃわかんないよ、きっと」

と、我らがクラブのスタッフは、手続きをする人にこっそり耳打ちした。

「何とかうまいことやってよ」

「できねえよ。腹、もうこーんなでっかいのに」

「そこを何とかさあ。すげえデブなんだ、とか言い張ってさあ」

「だから無理だって。しぼりゃおっぱい出ちまうんだぞ」

で――結論から言うと、やっぱりごまかせるものではなかった。

私たちがシェイミーを迎えにいったのは、だから、日本到着から数えて二十二日目のことだった。

空港から少し離れたところにある検疫所の入口は、ものものしい鉄条網入りのゲートで閉ざされていて、入口では書類を厳しくチェックされ、運転していった馬運車は上から下から消毒液を浴びせられ、さらには私たち自身も指定のツナギに着替えさせられたうえに、長靴で消毒液のプールをジャブジャブ歩かされ、そこでようやく中に入ることを許される。

ふう。

細長い厩舎の前でそわそわと待っていると、やがて、同じく検疫中の犬たちが鳴き騒ぐ囲いの向こうから、係官のおじさんに引かれて、シェイミーがパッカポッコと歩いてきた。

（うわあ、なんて優しい顔の馬なんだろう！）

写真だけは見せてもらっていたけれど、間近に見ると想像以上におっとりした顔立ちをしている。からだ全体は濃いキャラメル色で、尻尾とたてがみと脚の先だけが黒い、いわゆる河原毛（英語ではバックスキン）と呼ばれる毛色。ジャックと並んだら、ちょうど色合いが対照的できっときれいだろう。ひと目見たとたん、私もM氏も、彼女のことがひどく気にいってしまった。まさしくウマが合ったわけだ。

アメリカを発つ寸前、放牧中に後ろ脚で柵を蹴りあげて、すねのところに怪我をしてしまったと聞かされていたのだが、

「なぁに、ちょっと腫れてっけど傷口もきれいにふさがってきてるし、心配ねえっぺよう」

一緒について出てきた検疫所の獣医さんは、訛《なま》り丸出しでそう保証してくれた。

「ほれ、どうだいおっかさん、腹がもうパンパンだ」

おっぱい見てみな、と係官のおじさんに言われて私が下からのぞきこむと、おじさんは、シェイミーの乳房（股の間に二つある）を片手で握った。とたんに、ぴゅーっとお乳が飛び出して私の顔にかかった。

なま温かくて白い、栄養たっぷりのお乳。

ああ、ほんとにこのコは、もうすぐお母さんになるつもりなんだなぁ……と、しみじみした一瞬だった。

何やら、だんだん女系家族となってゆく。私を筆頭に、ジャックもシェイミーもメス、猫のこばんもメスだったし、真珠もメス……。

最近の真珠は、昼間私が畑に出ている間じゅう、つかず離れず一緒にいる。近所の野良に追いかけられて木の上に逃げのぼり、そのまま夜まで下りられなくなってからというもの、生来の怖がりにいっそう拍車がかかってしまったのだ。

こちらが葉っぱを摘んでいるそばでドングリにじゃれてみたり、積もった落ち葉の下から冬眠中のカエルを掘り返したり、よそ者が残していった匂いをかいで顔をしかめてみたり。その間にも、何か聞き慣れない物音がするたびにビクッとなる。[*52]

でも、彼女のおかげで私は、いつのまにか慣れて意識しなくなっていた自然の中の音に、あらためて耳を傾けるようになった。茂みから飛びたつ鳥の羽音や、林の奥で野生のサルたちが騒ぐ声、小さなキツツキが幹をつつく音、木々のこずえをゴォッと鳴らして渡っていく風の音。きっと、嗅覚も聴覚も鈍い人間には想像もつかないほどたくさんの情報を、真珠はこの世界から得ているのだろう。

そうして夕方、あたりが寒くなってくると、彼女はしきりに鳴きながら、そのへんの切り株や丸太の柵の上でバリバリ爪をとぎ始める。〈早く家に入ろうよぉ〉という催促だ。彼女にとって、今や家の中こそは世界で唯一、何ものにも邪魔されることなく警戒を完全に解くことのできる場所なのだった。

とはいえ、どんなに平凡で穏やかな日々にだって、やがて変化は訪れる。

ようやく寒さがゆるみかけたある日のこと。それは、真っ白なオス猫の姿をとって現れた。その猫の姿を見たとたん、真珠は、これまで一度も出したことのない、ヘンな声で鳴き始めたのだ。

まだまだほんのコドモだとばかり思っていた彼女に、とつぜん悩ましい〈春〉がやってきたのだった。

＊49　三十六歳でこの（タメ息）はけしからん。でも考えてみると何だかいろいろ今のほうが元気かもしれない。
＊50　〈トップセイル・コディー〉というアメリカのチャンピオン馬の血筋だった。ジャック自身は結局、レイニング競技の調教を受けなかったのだけれど。
＊51　誤解のないように言っておくと競走馬のサラブレッドとは違って、こうしたクォーターホースはそんなにすごいお値段ではないです。中古の軽自動車くらい。

＊52　猫は、嗅覚はそれほどでもないけれど、聴覚は犬より優れていて、人間の三～五倍とか。今、我が家でいちばん耳がいいのはオスのメインクーンの銀次（十二歳）。車の音を聞きつけて、必ず玄関まで迎えに出てくれる。

『恋の季節』の巻

やられた。

日に干せば甘くなるからとベランダに出しておいたせっかくのサツマイモを、あらかた食いつくされてしまった。

誰にって、サルどもにである。[*53] この季節になると、十頭から二十頭くらいの群れが毎日のように裏山から下りてきては、庭先のドングリを拾ったり、笹《ささ》の芽をかじったりするのだ。

これまでは被害といってもせいぜい畑の菜っ葉が踏まれる程度のことだったから、家の中からそっとのぞいては、母ザルが子ザルにおっぱいを吸わせているところを「けなげだねえ」なんて眺めている余裕もあった。それが……。

今年のやつらは違うんである。人の顔を見てもすぐには逃げず、悠然と様子をうかがっている。屋根の上はドタバタ走り回るわ、ついでにBSアンテナの向きはずらすわ、薪ストーブの煙突はひん曲げるわ、もうやりたい放題。しかも、恐ろしく賢い。くだんのサツマイモがやられたのも、わざわざ食べ頃まで待ってのことだった。

（明日こそ、薪ストーブに放りこんで焼いもにしようっと）

楽しみにしていた、まさにその翌朝。起きてきてひょいと見たら、サンルームのガラス屋根の上に食べ残しのヘタの部分だけがわんさと散乱していたのだ。

さらには庭に出てみると、数年前に植えて今年ようやく六つ七つ実をつけた温州ミカンの木が、何たることか丸坊主になっていた。あとに残されていたのは、ごちそうさま、とばかりにきれいにむかれたミカンの皮。ひどい。泣きながら皮だけ拾い集めて干してお風呂に入れたけれど、これじゃ仁義もへったくれもあったもんじゃない。

仕方なく、消極的ながらこちらも臨戦態勢をとることにした。家のまわりでガサゴソ音がするたびに、こっそりと二階の窓を開け、ロケット花火をビンに差して点火してはサル軍団の頭上へ向けて発射するのだ。

ヒューン、パパパパパンッ！

驚いて、ふっとんで逃げていく。

……ま、すぐにまたお戻りになりますけどね。

花で有名な房総とはいっても、庭がありとあらゆる色彩でにぎやかに埋めつくされるのはもう少し先のこと。今はまだ、ちょっと殺風景だ。

でもこういう季節には、庭の骨格や輪郭がよくわかる。緑が凶暴なほど生い茂っている夏などにはべつにどうでもよくなってしまう（というか気がついても暑くてやる気にならない）あれこれが、この季節だと見過ごせなくなってしまうのだ。あんまりにもアラが目立ち過ぎて。

柵の横木がはずれているとか、リンゴの木の支柱が折れているとか、枕木の階段が沈んできたとか、そういった細かい部分はもちろんだけれど、なんでうちの畑は、洋書などで見かけるおしゃれな〈キッチン・ガーデン〉と比べるともうひとつ引き締まって見えないんだろう。そんな具合に、つい大がかりなことまで考えてしまう。

そんなわけで、突如思い立った私は、畑の入口、つまり家の裏手の坂を上がったところに、素朴な木戸をつけてみることにした。ついでにその上に、木製のパーゴラ（つる植物用の棚）も。

めずらしく朝早くから起き出し、原稿書きは夜に回すことにして、[*54]近くのホームセンターから材木や杭《くい》や蝶番《ちょうつがい》などの金具を仕入れてくる。何色の木戸にしようかしばらく思案した末、木目が浮き出るタイプの、こげ茶色の防腐ペイントを選ぶことにした。明るい色だとあまりにもカントリーな感じが強過ぎて、そこだけ山の風景から浮いてしまいそうだったから。

デニムのオーバーオール（昔ジャスコで買った男の子用のやつ、すでにあらゆる色のペンキがついている）を着て気分が出たところで、大胆にぬりぬり、ぬりぬり。

じつは私、趣味のひとつと言ってもいいくらい、ペンキ塗りが好きなんである。家じゅうの雨戸のぺかっとした白が気にいらなかった時は、二階にまではしごをかけてシックな深緑色に塗り替えたし（あとで腱鞘《けんしょう》炎になったけど）、トイレの小窓の両脇に余り板でニセのよろい戸をつけて雨戸と同じ深緑色に塗ったり、窓まわりの外壁に白で太く額縁を描いてみたり、昔の小学校の机をわざとかすれたハゲハゲの感じでペイントしてみたり、キッチンの窓ガラスの外から白い文字でフランス語のメニューを描いてみたり……一日じゅうやってても、全然あきない。というか、落ち着く。庭いじりや乗馬や海までの散歩と並んで、ものすごく効きめのあるストレス解消法なのだ。

なのに——せっかくなごんだ気分でぬりぬりやっている私の耳に、猫たちの、いつもとは明らかに違う大声が聞こえてくる。

初めに現れたのは、これまで一度も見かけたことのない、頭からしっぽの先まで真っ白な雄猫だった。真珠など、いつもならよそ者の残していった匂いをかぐだけでもびくびくしているのに、この白猫が現れて悩ましい声で鳴いたとたん、同じような声で鳴き返して走り寄ったのを見た時は本当にびっくりした。

一定の距離をおいて見つめ合い、相手が近づくと一応逃げてはみせるのだけれど、途中で立ち止まってパッとふり返る。と同時に白猫のほうも足を止める。気を持たせるように、真珠がまたツツツと逃げる。白猫が追いかける。まるで〈だるまさんがころんだッ〉みたいな感じに、立ち止まってはふり返り、立ち止まってはふり返り……。

それが、恋の季節の始まりだった。

以来、来るわ来るわ、いったい近所のどこにこれだけ猫がひそんでたんだと目を疑うくらい、引きも切らずにオトコどもがやってくる。二股どころの騒ぎではない。三股、四股、五股の、めくるめく愛欲の世界である。赤トラ、キジ、黒、ブチ、灰、シャムの雑種、などなど、目撃しただけでも八匹を数えたほどだから、実際はもっといたんじゃないだろうか。

昼となく夜となく、外から〈逢《あ》オウヨウ、逢オウヨウ〉と呼ぶ声がする。

けれど私はといえば、すっかりノンキに構えていた。どうせ今回の〈春〉は一過性のものだろう。何といっても真珠はまだ生後十か月、人間でいえば中学生くらいのコドモなんだから、今回のところはまあ気分だけ味わって頂くとして、実際に妊娠を心配しなければならないのは次回の恋の季節からだろう、[*55]などと。

今から思えば、なんと愚かだったことか。

濃密な「春」が一週間ほどで嘘のようにけろりと過ぎ去っていった後、ひと月くらいたった頃だろうか。気のせいか、真珠が太ってきた。

いや、正確に言うと「太った」というのとは違うかもしれない。体重は増えたものの、ぽてっと肉厚になったのは腰のまわりだけで、体のほかの部分、とくに顔から首のあたりにかけては逆にほっそりとしてきた。

あらためて見ると、何だか前とは佇《たたず》まいも違っている。顔はコドモのままなのに体つきはオンナという、そのアンバランスさが妙な色気をかもしだすのだろうか、なんというかこう、年端《としは》もいかない娼婦《しょうふ》のような危うい痛ましささえ漂っていて、ちょっと目のやり場に困る感じ。

さらには、何日かするとおっぱいまで目立ってきた。今まではあるんだかないんだか、おなかの毛をかきわけないと見つからないくらい小さかった乳首が、きれいな桜色の米つぶくらいにふくらんで、やがて土台とともに柔らかく持ちあがり、ふわふわの白い毛の中から自ら姿を現したのだった。まるで、ある日とつぜん隆起した昭和新山みたいに。

ここまでくると、もはや気のせいなんて言ってる場合ではなかった。私は本屋へ走り、生まれて初めて『猫の飼い方』なる本を買ってきた。頭の中はほとんどパニック。子どもの頃からずいぶんたくさんの猫と暮らしてきた割に、ほとんどがオスばかりで、メスはといえばすでに避妊手術済みのをもらってきた〈姫〉ただ一匹だけだったせいか、猫の妊娠なんてものを目のあたりにするのは正真正銘これが初めてだったのだ。

ど、どうしよう。妊娠期間はたったの二か月だって。

真珠を〈うちのコ〉にするだけでもあんなに悩んだのに、あとほんの一か月ほどで子猫が生まれてきちゃうわけ？　いったい子猫って、いっぺんに何匹くらい生まれるものなわけ？

でも、何も知らない真珠に、妊婦としての自覚などあるわけもない。彼女は毎日、あいもかわらず無邪気に裏山を駆けまわって遊ぶ。

ひ、ひいい、走ったりしていいのかよぉ。うわぁっ、木登りなんかやめてくれよぉ。

あんなコドモに、どうやってコドモ産ませたらいいんだよぉ……。[*56]

＊53　サル、ほんとに多かった。田んぼに小さいおじさんがいると思ったら、落ち穂拾いをしているサルだったりすることがしょっちゅうあった。

＊54　生きてゆく上での基本的態度。今に至るまで、ほぼブレることなく貫いている。

＊55　無知というのはおそろしい。そのせいで、まだ若い真珠の体にかなりの負担をかけてしまった。かわいそうなことをした……。

＊56　実際に子猫が生まれたのは二〇〇〇年の春で、連載はその翌年、写真（ポジフィルム）を撮りためた後で始まったため、ほぼ一年のずれがある。
　でも、月に一度の連載を読んで下さる方たちにそんなことはわからないから、この回には厳しいお叱りも寄せられた。覚悟もないなら避妊すべきだったのではないか、と。おっしゃる通りだ。もちろん生まれたなら育てる以外の選択をするつもりは毛頭なかったけれど。

親を、子を、見忘れたわけじゃない。
むしろ親子だからこそ遠ざける。
言葉を持たない生きものの、
厳しいおきて。

身重の猫は、ひたすら眠い。
ひたすらだるい。
ひたすら甘える。

『四匹のエイリアン』の巻

春が調子づいていく。

何種類かの桜が咲いては散り、咲いては散りして、その間にユキヤナギがコデマリに、コデマリがオオデマリに主役を譲り、そして今、庭では黄と白のモッコウバラとジャスミンと、時計草とスイカズラがもはやひとつの大木のごとく絡まり合って、爆発したように咲き乱れている。三年ほど前に植えた時はそれぞれひょろりとした苗だったのに、土の質に合ったのかみるみるうちに生長し、二階のベランダまでを覆いつくし、毎年ゴールデンウィークが近づくたびにこうして一気に咲き競うようになったのだ。

とくに早朝と夕方は香りがぐんと強くなるせいか、真珠はいつもその時間にベランダに出ては鼻をひくつかせる。右を向いてひくひく。それから扇風機みたいに左のほうへ顔を向けていきながら、ひくひく、ひくひく。数種類の花の香りをかぎわけようとしているかのように、彼女は毎日、熱心に同じことをくり返す。

香りといえば、このところ、私はお香にはまっている。昔からポプリやアロマオイルなどが好きで集めていたのだが、植物の精油の多くは猫にとって毒になると知ってから、すっかりお香一辺倒になってしまった。

ずいぶんいろいろ試しては失敗もくり返した気がする。何しろ、お店でお香そのものをかいだ時と、実際に火をつけて薫《くゆ》らせた時とではずいぶん香りが違うのだ。一度〈グレープフルーツ〉という爽やかそうなのを買ってみた時は、火をつけたとたん、どこかに猫がおしっこでもしたかとそれこそ鼻をひくひくさせてしまったし、〈パッションフルーツ〉という甘い香りのを試した時は、すぐさま消して窓を開け、空気を入れ換えた。な、生ゴミが腐っとる。

そうして試行錯誤の末に行き着いたのは、結局、昔ながらの香りだった。〈ひのき〉とか〈白檀《びゃくだん》〉とか、そういうスタンダードなもの。あるいはせいぜい、〈水〉とか〈草原〉とか〈雨上がりの森〉、そんな感じの。

香炉に一本立てて、細い煙がたなびくのを眺めながら部屋に香りが満ちていくのを待っていると、気持ちがゆったりと落ち着いていくのがわかる。ふと、昔よく遊びに行った祖母の家[*57]の暗がりを思い出して懐かしくなったりもする。

そんな〈香り〉のもたらす効用を、もしかして、真珠もよく知っているのだろうか。朝夕、ベランダに出て花の香りをかぐのは、あるいは妊娠中の彼女なりのアロマテラピーなのかもしれない。

はてさて——。

「誰の子かわかんないけど、産むわよあたし」

人間だったらそのまま修羅場に突入しかねないシチュエーションだけれど、猫の世界ではこれがふつう、それどころか今回初めて妊娠した真珠には、自分の体がどうしてこんなにどんどん変化していくのかまったくわかっていないに違いないのだった。

とはいえ、初めてなのは親代わりである私たちも同じこと。私は、買いこんできた何冊もの本を読んでは出産について勉強し、そして、読めば読むほど逆に不安になっていった。

〈充分に成長する前に妊娠した猫の場合、産んだ子猫のへその緒を上手に食いちぎれないうちに次の子が生まれてきて、へその緒が首にからまってしまうことがあります〉

——う、うそ。

〈生まれた子猫が息をしていない場合、あきらめず、逆さにして振ったり鼻に口をつけて吸ったり、熱めの湯と水とに交互につけてさすったりしてみて下さい〉

——お、おどかさないでよ、頼むよぉ。

そうして首までどっぷりと不安につかってしまった私は、あらためて、つくづく猫たちを偉大だと思った。猫の世界には、もちろん、育児雑誌も出産指導もない。けれど、情報としては何ひとつ知らなくても、彼女たちはすべてを知っている。自分の体に起こるどんな変化もあるがままに受け入れて、ほとんどの場合、誰の手も借りずにたったひとりでお産をやりとげるのだ。

本能といってしまえばそれまでだけど、それってほんとにすごい。同じ生きものなんだから本当は人間にだってそういう強さが備わっているんだろうに、なまじ情報をたくさん得られるせいでかえって不安になっていくって、いったいどういうことなんだろう……。


水を満たした風船。

真珠のおなかの手ざわりは、まさにそんな感じだった。歩くとたぷんたぷんと揺れて、今にも地面につきそうだ。本人もさすがにだるいのか、庭に出てもすぐにごろんと横になる。

盛りあがった脇腹の表面が時おりメケメケメケッと異様な動き方をするのは、中で子猫が動いているせいだ。おなかにそっと手をあてていると、子猫たちの頭や足が押し返してくるのがはっきり感じ取れる。中からミューミュー鳴き声が聞こえないのが不思議なくらいだった。

重たいおなかを引きずって歩くだけで消耗するのか、真珠は眠っている時間が長くなり、おまけに寝言も多くなっていった。机に向かっている私の横で、ひげや四肢をヒクヒク痙攣《けいれん》させながら〈あにゃ？〉だの〈ほげっ〉だの〈んくくくく〉だのとつぶやいていたかと思うと、突然、こっちがびっくりするような勢いで飛び起きる。もしかすると、中にいるエイリアンに体を乗っ取られた夢でも見ていたのかもしれない。

今日あたり生まれるんじゃないか。いや、明日こそ危なそうだ。——そんな落ち着かない毎日がずいぶん長く続いた。これまでは仕事で東京に出かけると一泊してくることが多かったのだけれど、留守の間に万一生まれてしまったらと思うと、夜中でも車を飛ばして家に帰らずにいられない。寝る時も、何かあったら物音が聞こえるようにと、ふだんなら閉める寝室のドアを十センチくらい開けて寝る。

それなのに、真珠のやつときたら、あくまでもマイペースなのだった。ふらりと出かけたきり二日くらい平気で帰ってこなかったりする。

そういえば、本にはこう書いてあった。

〈母猫は、自分が最も安心できる場所を選んで出産します〉

思い出したようにひょっこり帰ってきてはカリカリを食べる真珠を見守りながら、私たちはひそひそと話し合った。うちで産んでくれるかなあ。もしかして、こばんみたいに裏山の奥で産んじゃうかもねえ。案外、自分の生まれた場所を覚えてたりしてねえ……。

　そんなある晩のこと。

　ようやく眠りに入りかけていた私は、ふと空気が動いたような気配を感じて目を開けた。

　と、ひょい、と真珠が枕元に飛び乗ってきた。いつもなら、たとえドアが全部開いていたって寝室にだけは絶対に入らないのに。いっぺん教えたことはちゃんと守るのが真珠なのだ[*58]。

　よっぽど人恋しくなったんだろうか。

「だめだめ、真珠。また明日ね」

　枕元の電気をつけ、ベッドを出て、ゴロゴロとのどを鳴らして甘える真珠を抱きあげた私は、ぎょっとなった。シーツの上、たったいま彼女の座っていたその場所に、淡い桃色のしみが点々とついていたのだ。

　眠い頭が一気に覚醒した。

　今夜だ。——生まれる！

　急いで真珠を二階へ連れていって段ボールで囲った産箱の中に寝かせたのだけれど、彼女はすぐに出てきてしまい、激しく私に甘えた。体をこすりつけては鳴き、ごろんと横になり、のぞきこむ私たちの顔をしんどそうに見あげてはかすれ声で〈おなかさすって〉と要求する。

時計を見ると、もうすぐ二時だった。

こうなったら、徹夜しかない。

服を着替えて座った私のまわりで、真珠はひっきりなしに場所を変えては、うとうと眠ってばかりいた。産箱にはろくに入らず、ちょっと入ってもすぐに出てしまう。

それでも、最初の陣痛は思ったより早くやってきた。ふいに私の膝によじのぼってきた真珠が、腹ばいのまま下半身をひきつらせ、低い声でシンンン……と唸る。おなかを撫でてやるとせつなげに鳴いて横になり、頭を私の腕にのせてゴロゴロのどを鳴らす。きっかり十分後に二度目の陣痛。さらに一時間ほどたつうちには、五分おきになった。

腹ばいになったり起きあがったり、落ち着かなげに姿勢を変えては下半身を痙攣させる真珠の前足を、私はまるで瀕死《ひんし》の病人をみとるみたいに左手で握り、右手でけんめいに彼女のおなかをさすった。痛みが襲ってくるたびに、真珠は前足の爪を丸めて私の指をきゅううっと握りしめ、ひたいを手の甲に強く押しつけて痛みに耐える。

いじらしくて涙が出そうだった。もうすぐだからね、よしよし頑張れ、もうすぐだから。そんな当たり前のことしか言えない自分に、というより、言ったって言葉の通じないもどかしさに身をよじりたくなる。

どれくらいたったのだろう。

そのまま一気に生まれるものとばかり思ったのに、陣痛はなぜかいったん小休止となり、私は床の上で真珠に添い寝しているうちにうつらうつらしてしまったらしい。

「おい、生まれるぞ！」

相方の声にはっと飛び起きると、真珠は私の机の下にうずくまって、おなかをこれまで以上に激しく収縮させているところだった。クフ、クフ、と呻《うめ》くように鼻を鳴らしながら、ぐぐぐぐ、といきむ。慌てて産箱に入れてやろうとしても、やっぱり出てきてしまう。

私は、さっきまでと同じように彼女の手を握り、せがまれるままにおなかをさすった。さすりながら、ようし頑張れ、ようし、もう少しだから、ようし、とくり返す。

と、真珠がひときわ強くいきんだかと思うといきなり一匹目が……！

浮かせたお尻から半透明の袋に包まれた葛餅みたいな物体がぬぬぬぬぬ、と出てきてにゅろん、とぶら下がり、つながっているへその緒を嚙みちぎろうともがく真珠の口は大きなおなかが邪魔になって後ろまで届かず自分のお尻を追いかけて変な声で鳴きながらキリキリ舞いを始めた真珠を見て私は完全にパニックに陥り、とうとう彼女を押さえこんでお尻からぶらさがった物体をつまんだらあっけなくちぎれたのに驚いて思わず取り落としてしまった、とたんに真珠がそれをガブッとくわえて本棚の陰へ走りこんだ。

「え、何、どうした？」

「わ、わか、わかんない」

体の震えが止まらない。本棚の陰からギシッギシッと何かを食べる音がする。子猫の声はまだ聞こえない。まさか……。母猫の中には産んだばかりの子猫が危険だと感じると食べてしまうものもいるというけれど、でもまさか、まさか真珠がそんな……。

ミュウ！

「あ！」

もう一度、前より大きく、ミュウゥ！

どっと力が抜けた。同じようにへたりこんでいる相方と顔を見合わせる。

手も足も、すぐには立てないくらいガクガクしていて、仕方なく這いずっていって真珠の後ろからそっとのぞいてみると、彼女が食べていたのは子猫を包んでいた羊膜だった。どうして正しいやり方を知ったものやら、子猫（うわ、ハムスター[*59]かこれは！）の鼻につまった水分をなめ取って息ができるようにしてやり、びしょ濡れの体もなめてきれいにし、さらには後から出てきた胎盤をきっちり食べて始末する。

様子を見て産箱に誘ってみると、真珠はやっと中に入って、すぐにそこで二匹目を産み始めた。お互い、さっきよりは落ち着いていた。

それから真珠は一時間くらいかけて、ほぼ十五分ごとに一匹ずつ、全部で四匹の子猫を産み落とした。

一匹目は、黒白ハチワレのブチ。

二匹目は少し大きめ、真珠そっくりの全身モヤモヤの三毛。

三匹目がほとんど白猫で、頭と背中のところにだけ小さな薄いブチ。

最後がいちばん小柄で、白い部分のほうが多い、絵に描いたような三毛。[*60]

どの子もみんな、しっぽが長くてまっすぐだ。

隅から隅までなめてもらったおかげで、子猫たちの濡れた毛はすぐに乾いてふわふわになった。柔らかさも頼りなさも、まるで耳かきの先っぽについている羽毛みたいだ。

みゅう、きゅう、みーう、みゃーう……四匹が重なり合い、もつれて転がっては、少しでもよく出るおっぱいを獲得しようとさっそく競い合っている。

それにしても、なんという小ささ！　それでいて、吸いついたおっぱいをもみしだくこの前足の、なんという力強さ！

たったいま、目の前でこの世に産み落とされた、できたての、ほやほやの、命たち。

徹夜明けの眠い目をしょぼしょぼさせながらも、私たちは、なかなかその場を離れることができなかった。

＊57　祖母といえば、白檀の香り。後に、二十五年ぶりに再会した従弟の〈背の君〉と話して

いて、この記憶を彼もまた大事にしていることを知った。香りの記憶はやはり、いちばん確かに残るものらしい。

＊58　これについては、もみじも同じだった。元気な時でも、食卓に乗ったことがまずなかった。乗らずにどうやってお刺身を泥棒したかは、今もって謎。

＊59　狭い産道を通ってくるためか、生まれたての子猫は鼻面がしゅっと細長くて、ほんとうにネズミみたいな顔をしている。模様があるからぎりぎりハムスターに見えるだけ。

＊60　言わずと知れた、この子こそが……。

『四季・子ねこ』[*61]の巻

ここに、一冊のノートがある。

真珠が子猫たちを産み落としたあの日以来、毎日欠かさずつけた四匹全員の体重の記録。文字通りの意味での、彼らの命の重さの記録だ。

この体重測定、とくに最初のうちはなかなかに困難を極めた。猫たちの寝床にしているバスケット（あのまま二階の私の仕事部屋に置かれている）の横にあらかじめキッチンのハカリを準備しておき、真珠が外へ用を足しに出かけた隙をねらって素早く量ろうとするのだけれど、子猫たちはどういうわけかみんな、M氏がそっと抱きあげるだけで絞め殺されそうな声で鳴きわめく。すると、その声を聞きつけた真珠が階段をふっとんで上がってきては、たちまち猛烈な抗議を始めるのだった。

〈この変態オヤジぃぃ！　あたしの子をどうする気ぃッ？　放せぇぇ！　その薄汚れた手を今すぐ放せぇぇぇ！〉

「まぁまぁ落ち着きなって」

いつもの調子で真珠に手を伸ばそうとした彼は、すっかり気の立った彼女に本気で引っかかれ、指から血を出して涙ぐんだりしていた。

それでも、苦労して量り続けた甲斐はあったんじゃないかと思う。今こうして記録ノートを眺めてみると、子猫の成長の速さと確かさにあらためて驚かされる。生まれた日には百グラム足らずしかなかった体重が、七日目には軒並み二百グラムを超えているのだ。一週間で二倍以上！　人間だったら考えられない。

当然、四匹合わせて四百グラム分の増加を支える栄養のすべては、体重三キロちょっとの真珠が自前のミルクタンクだけでまかなっているわけで、それを考えると、彼女が急激にほっそりしてしまったのも無理はなかった。

体つきばかりではない。あのお産の日を境に、真珠は顔つきまでがらりと変わってしまった。産む日の明け方まではまだ頼りなげな少女の顔だったはずなのに、産み終わって四匹におっぱいを吸わせ始めた頃にはもうすっかり、穏やかで自信に満ちた母親の顔になっていた。それはもう、見事なまでの変貌ぶりだった。

ほんの少しの間でも子猫から目を離したくないのか、彼女はめったにバスケットから出てこようとしない。自分の食事は全員が完全に寝入ったことを確かめてからだし、一声でもミィ、と聞こえると一瞬で駆け戻る。子猫のおしっこも何もかも、順番に体を裏返しにしてすべてなめてやるので、下に敷いてあるバスタオルにはいつもシミひとつつなかった。

あの小さな頭の中で、彼女はいったいいつ、どうやって、子猫たちを命がけで守ることを決意したのだろう。まるで、子猫を産み落とすのと一緒に、〈母親としての自分〉まで産み落としたかのようだ。

それでも——時には、むしょうに甘えてみたくなるらしい。

そんなとき真珠は、子猫たちにおっぱいをふくませたまま、仕事中の私の背中に向かって小声で、

〈ねぇ〉

と鳴いた。

そうして、私がふり返ると、視線が合っただけで優しくのどを鳴らし、もたげていた頭を再び横たえて目を閉じるのだった。*62

名前を決めなくちゃ、と言い出してから数日が過ぎていた。四匹セットの語感のいい名前、と考えるせいか、なかなか決まらない。

——名前。

そう、私たちはもう、どちらから言い出すともなく、全員をうちで面倒みることに決

めていた。子猫たちの姿をひと目見てしまった後では、手放すなんてとうてい考えられなかった。真珠の体から次々に出てくる濡れた肉の塊が、ぽええ、ぴああ、と鳴きながらふわふわの毛玉へと変わっていくところを見守っていたあの数時間で、私たちは否応なく、家族として結び合わされてしまったのだと思う。

真珠の時は、〈猫にこばん〉の娘だから、同じ意味のことわざでと、豚でもないのに〈真珠〉とすんなり決まったけれど、そろそろことわざシリーズもネタ切れである。

いやしかし、そもそもいちばんの問題は、子猫たちの性別がわからないことなのだ。四方に足をつっぱってびゃーびゃー鳴きわめく子猫を目の高さにかかげては、しっぽを持ちあげてお尻を眺めるのだが、さっぱり区別がつかない。

例の『猫の飼い方』の中には、こう書かれている。〈メスは肛門《こうもん》とその下の穴との間隔が狭く、オスはもう少し離れています〉

いったいどの程度を〈狭い〉というんだ？　と私は思った。〈もう少し〉って何ミリくらいなんだか、ちゃんと書いといてほしい。

まあ、四匹のうち二匹は三毛だからメスだろうけれど（染色体の関係でそうなるそうな）、彼女たちのお尻と比べても、残りの二匹、つまり黒白ブチと、白地にグレーのポチの性別は全然わからなかった。ただし黒白ブチの子は、きょうだいの中でも一匹だけ顔だちが違っていて、どこからどう見ても男の子といった雰囲気だったけれど。

そういえば、本を読んでいて、心底驚いたことがある。なんと猫の場合、一回の出産で生まれた子猫たちの父親は一匹だけとは限らないというのだ。そんなばかな、と思ったが、理屈としてはこういうことらしい。

猫のメスの体は、定期的に排卵があるわけではなくて、子孫を残す機会を逃さないよう、殿方とコトをいたした時だけいくつかの卵子が下りてくる仕組みになっている。このとき、一匹目の殿方との行為があった後、卵子が下りてくるまでの数時間のうちに別の殿方とも交わったなら、やがて生まれてくる複数の子猫たちの父親は、極端なことを言えば一匹ずつ全部違っている可能性もあるというわけだ。

ふうむ、それで謎がひとつ解けた。今まで、真っ黒なきょうだい猫たちの中に一匹だけ白いのが交じっていたりするのを見るたびに、どういうわけだろう隔世遺伝だろうかと不思議に思っていたのだけれど、なるほどそういうわけだったのか。[*63] こんなに身近な生きもののことなのに、まだまだ知らないことってたくさんあるものだなあ、と感心した次第でありました。

それはさておき——名前である。

さんざんあれこれ悩んだ末に、結局、せっかく四匹いるのだからと、それぞれ春夏秋冬にちなんで次のようなところに落ち着いた。

いちばん大きい真珠そっくりのモヤモヤ三毛が、春の担当ということで〈かすみ〉。

最初に生まれた黒白ハチワレの、たぶん男の子なのが夏っぽく〈麦〉。
秋に色づく山のように、くっきり分かれた三毛模様の子が〈もみじ〉。
そして、雪のように白い体に薄いブチのある、甘えんぼのちびすけが〈つらら〉。

え？　ややこしくて覚えにくい？　そうでしょう、そうでしょう。何たって私自身、間違わずに呼べるようになるまでしばらくかかりましたもの。

でも、名前を覚えるよりももっと大変だったのは、四匹がそれぞれヨチヨチ歩きを始めてからだった。立つにも座るにも、いちいち下に子猫がいないか確かめてからでないと、危なくてしょうがない。気づかずにうっかり踏んでしまったら？　クッションの下にいると知らずに上から座ってしまったら？　考えるだけでゾッとする。

とはいえ、一か月ほどたつうちには彼らもだんだん足腰がしっかりしてきて、あちこちすばしこく動き回り、やがては砂を入れた箱の中に自分から入っていって用を足してくれるようになった。ミニチュアの前足でせっせと砂を掘り、掘ったのとは全然違うところに腰をおろして、まじめくさった顔[*64]でおしっこをする。一匹がそうすると、なぜか連鎖反応のように全員が次々に入っていって、やっぱりまじめくさった顔で同じことをする。

ただ困るのは、自分のおしっこやウンチの上に砂をかけようとしてくれるのはいいのだけれど、たいてい狙いがはずれて箱の外へ砂をまき散らすことだった。おまけに、子猫たちと違って自由に家の外へ出ていける真珠までが、ときどき面倒くさがってそこで用を足すようになってしまったのだ。本人はこっそり内緒でしているつもりらしいのだが、現場に残されたブツの大きさを見れば犯人は一目瞭然なんである。

「ったく、どうせ出すなら畑の肥やしになるもんを出せってんだ」

と、相方が文句を言う。

「お前たち、ちょっとはジャックを見習え、ジャックを」

そうなのだ。猫のおしっこは植物を端から枯らしてしまうけれど、馬のジャックの糞《ふん》は、畑の肥やしとしては極上も極上。よく園芸店などで売っている牛糞は、食べた草を何度も胃袋で反芻《はんすう》する牛の糞だから栄養はあまりないのだが、それに比べて馬の糞（ボロと呼ばれる）は、昔から拾ってでも持ってこいと言われるほどの貴重品なのだ。それが、何とも嬉しいことに、ジャックのおかげでタダで手に入るんである。

そんなこんなで、最近私は車を買い替えてしまった。これまでは大好きなジムニーに乗っていたのだけれど、いかんせん後ろに物があまり積めないので、仕方なく実用一点ばりの車種を選ぶことにしたのだ。

代わりにやってきたのはどんな車かというと、これが、真っ白な軽トラなんである。ええと、軽トラってわかります？　軽トラック。都会ではあまり見かけないけど田舎へ行くとばんばん走っている、二人乗りの小型トラックです*65。

嬉し恥ずかし、ピカピカの新車。憧れのピックアップのイメージに少しでも近づけたくて、バンパーを黒じゃなく銀色のに替えてもらったり、ドアに〈RODEO〉とロゴを貼ったりしてみたのだけれど、前から見た姿はともかく、後ろから見たらやっぱり軽トラ以外の何ものでもなかった。

その新車の栄えある初仕事こそは、もちろん、馬糞を山盛り積んで運ぶこと。ジャックを預かってもらっている乗馬クラブから、いい具合に発酵したボロを積んでうちの畑まで運んでくるのだ。

内房から外房側へと山を越えてくる帰り道。信号待ちなどで停まるたびに、後ろの荷台からはかぐわしい田舎の香水が漂ってくる。かすかに鼻をつく、その温かな匂いをかぎながら、またしても強くつよく思ったこと。

いつか——自分たちの畑のすぐ横で、ジャックがせっせと肥やしを作ってくれるような暮らしができたならどんなに素敵だろう。私たちはジャックが幸せに暮らせるだけのものを精一杯与えてやって、そのかわりにジャックも、私たちが満ちたりて暮らすためのものを与えてくれる、そんな暮らし。

すぐにとは言わない。それはとても無理だ。でも、いつの日かそれを実現するためには、今から私たちは何をすればいいんだろう……？

＊61　連載中のこの時期、五木寛之氏の四季シリーズ完結編である『四季・亜紀子』が話題だった。奇しくも、生まれた四姉妹のうち秋担当のもみじが、その後もいちばん長く私のそばにいてくれることとなる。

＊62　真珠の目のまわりはくっきりとしたアイラインにふちどられていて美しかった。もみじにはそれがないので、一重まぶたの京美人という感じ。それがまたたまらない。

＊63　これでいくと、四姉妹のうち〈つらら〉だけは例の白いオスの子で、あとの三匹は皆、真珠自身の父親でもあるサバ白ブチの子じゃないかなと思う。近親交配といっても一代くらいなら問題はまずないのだそうな。

＊64　猫の浮かべる表情の中で一、二を争うほど好きである。

＊65　軽トラこそは日本が生んだ素晴らしき名車である。軽井沢に暮らす今でも、我が家ではサンダルがわり。

見えてなくても、
見えるようになっても、
お母さんは世界のすべて。

日に日に増える子猫たちの体重。
支えるミルクタンクはたった1つ。

『あたりはずれもウンのうち』の巻

最近、ふたたび通販にハマりつつある。

ふたたび、というのはどういうことかというと、何年か前に一時期ハマってなかなか抜けられなかった経験があるからだ。

いちばん最初の注文は、もうずいぶん前、たしか『ニッ○ン』のカタログで暮らしの便利商品を見つけたのがきっかけだったような気がする。どんな便利商品だったかすっかり忘れたところをみると、たいして便利じゃなかったのかもしれない。

でもそれ以来、季節ごとにあの電話帳のようなカタログがどーんと送られてくるようになった。さらにその後、新聞の間に折り込まれていた『ディ○ス』のチラシを見て書類整理ケースか何かを頼んだら、そこからもやっぱり季節ごとに何種類ものカタログが束で送られてくるように……。このあたりからはもはや、ダムが決壊したようなありさまで、『住○オッ○ー』に『通○生活』、『ダ○ール』に『ランズエ○ド』、頼んだ覚えのあるところから聞いたこともないようなところのものまで、シーズン中はほぼ毎週のように郵便受けがドゴッと重たい音をたてるようになってしまった。

いくら再生紙とはいえ、もったいないったらありゃしない。こういうもののほとんどは、結局は古新聞の山の上に積まれる運命なのに……と、そう思うなら電話の一本もかけて、もう送らないでくれと断ればよさそうなものだが、そういうことにはならないんである。よせばいいのに、

（せっかく送ってくれたんだからちょっとは見なくちゃ悪いよね）

などと自分にイイワケしつつ、仕事なんかそっちのけでつい丹念にページをめくってしまうのだった。

じっくり熟読していると、時々、思わず笑っちゃうような品物に出くわすことがある。今まで見た中でいちばんケッサクだったのは、ずばり、「一人流しそうめんセット」[*66]。流れるプールの小型版みたいな卓上の容器にそうめんを泳がせ、スイッチを入れると、たちまちぐるーりぐるーりとそうめんが回りだすという仕組みで、説明のところには、〈風流な流しそうめんが御家庭で楽しめる！〉と書いてあった。……風流かねえ？　ちなみに、その別バージョンで「一人回転寿司セット」[*67]もご用意できます。

ほかに、ペット用品の通販で笑えたのは「猫の居場所探知機」なるもの。〈発信機を首輪につけておくだけでＯＫ。愛猫がいなくなった時もすぐに居場所がわかって安心です〉とある。見つけた時は、おっ、これは使えるかも、と思ったのだけれど、〈探知可能範囲〉のところを読んで目が点になった。半径五メートル以内。……それってほぼ家

する。
　とはいえ、ページをめくっていくうちには、そこそこ心惹《ひ》かれるものも見つかったり
する。
〈受け取ったお釣りをポイと入れるだけでお札とコインが分類されるお財布〉を見れば、
「これは便利そうだなあ」と（べつに今まで不便だった覚えもないのに）思ってしまう
し、あるいは〈除光液は不要！　シールのようにはがせるマニキュア〉なんてのを見れ
ば、どうせ塗ったって見せる相手は猫しかいないくせに、「これなら爪が傷まなくてい
いかも」とその気になってしまう。爪が傷むのがイヤなら塗らないのがいちばん、なん
て考えは、その時点では頭をかすめもしないんである。
　で、気がつくと、指が勝手にあちこちのページの端っこを折っている。さらに二、三
日迷ってみるものの、結局は受話器[*69]を手に取ってしまう……。そのくり返し。
　いったい何なんだろうあれって、と、冷静な時は思う。〈買いたいもの〉はないのに
〈買いもの〉がしたい。忙しくてショッピングなどご無沙汰の時はとくに、ちょっとの
我慢がきかなくなってしまう。べつだん高いものでなくていい、生活雑貨だろうがTシ
ャツ一枚だろうが何でもいいから、とにかく何か新しいものが買いたくなってしまうの
だ。そういうのって、私だけ？
　でも……やがて届けられた品は、言いたかないけどアタリよりハズレのほうがずっと

多いのだった。やたらと安い品物には、やはり安いだけの理由があるらしい。家具などは写真で見るのよりチャチなことが多いし、デザインが気にいって頼んだ肌着は縫い目のところがチクチクしてさんざんだったし、洋服はことごとく、モデルさんが着たのと私が着たのとでは全然印象が違ったし……。ま、最後のだけは微妙に別の問題ですけども。

ともあれ、そんなこんなで数々の失敗と返品をくり返して少ぉしずつ学習していった私は、近頃ではさすがに慎重になることを覚え、せいぜい人目に触れない無難なもの（押し入れ用収納ワゴンとか、業務用万能クリーナーとか）をたまーに注文する程度に落ち着いていたわけであります。

ところが。

このたび、エラいものを購入してしまった。我が通販史上、最も高い買い物である。

――猫の自動トイレ。

大きさや、中に猫砂を入れて使うところなどは普通の猫トイレと変わらないのだけれど、この自動トイレにはなんと赤外線センサーがついていて、猫がコトを済ませたのち十分ほどもたつとやおら向こうの端からウィンウィンウィンと櫛《くし》状のものが動いてきて砂の中からブツだけをすくい上げ、こっちの端の容器へポトンと入れたのち、またウィンウィンウィンと砂の表面をならして戻っていく、という仕掛け。いかにも、という感じのアメリカ製である。

まったく、とんでもない贅沢品だとは思う。しかも、こんなものが三万ナンボもするなんて、冗談じゃないとも思う。

でも、背に腹はかえられなかった。

なにせ我が家の猫たち全員が入れかわり立ちかわり大だの小だのをしてくれる上、先客が去ったばかりで砂がブツだらけだったりすると、こんなとこでできるか！　と言わんばかりに箱の外でしてしまうのだ。

いちいち叱ったり叱られたりではお互いの精神衛生上よろしくない。かといって、朝から晩までそばにつき添ってトイレの番をしているわけにもいかないではないですか。

で、さんざん迷ったり悩んだりした末に、とうとう電話注文に踏み切ったはいいのだけれど……届いた品が、いきなり不良品だった。センサーがいかれているらしく、とんでもない時にウィンウィンと動き出したが最後、この世の終わりまで何往復でも止まらない、というしろもの。危うく、ウンチと一緒に子猫まで片づけられてしまうところだった。

お年玉つき年賀ハガキの懸賞にさえろくに当たったことがないというのに、なんでこういう時だけ不良品に当たるやら。

もちろん交換に応じてくれはしたけれど、代わりの品[*70]が届くまでの一週間ほど、相方も私も、猫たちのしもべと化していた気がする。運はないのに、ウンはたっぷりときたもんだ。

……やれやれ。

「こいつらの写真とか見て、可愛いと思うのは、やっぱ俺らだけなのかなあ」

と、例によって何の脈絡もなしに相方が言った。

「どういうこと？」

「だって俺なんかさ、よその猫見ても可愛いと思ったことないもん」

ふん、あんたはもともと猫嫌いでしょうが、と内心思いはしたものの、まあ言わんとするところはわからないでもない。

いつだったか、教育問題についての討論番組で、談志《だんし》師匠[*71]が言っていたっけ。

「誰だって本音を言わせりゃあ、よそんちのガキなんか憎たらしいにきまってんだ。可愛いのはてめぇンちのガキだけョ」

だから何を言うにしても偽善者づらをしてキレイゴトばかり並べるんじゃねえ、というような意味での発言だったと思うけれど、まあそこまでカゲキではないにしろ、相方の言うのもそれと似たようなことなんだろうと思う。というか、現実はそのようなものかもしれないという客観的な目を忘れてしまうと、どんどん自分中心になっていって、いろいろ間違いやすくなるよな、ということを言いたかったんだろうと思う。

なんでも、私たち人間を含め、哺乳動物には、〈このコを守ってやらなければ〉という保護欲があらかじめインプットされているのだそうだ。少なく産むかわりに、命がけで守り育てる。だからこそ、たとえば魚のようにいっぺんに何百個も卵を産まなくても、いのちの連なりを途切れさせずに今に伝えてこられたわけだ。

純粋に生物学的に見れば、母親が子を思う気持ちさえ、生きものが子孫を残していくための〈本能〉に過ぎない。哺乳動物の赤ちゃんがみんな小さく可愛らしく生まれてくるのだって、仲間の保護欲を刺激したり、別の種の動物の攻撃意欲をそいだりすることで生き残るための〈手段〉なのだそうだ。

なるほどねえ、うまくできてるのねえと思いはするのだけれど――どこか釈然としない。どんなに冷静に子猫たちを眺めて、

（ふうん、要するに私はこのコらの計略にまんまとはめられているわけか）

なんて思ってみようとしたところで、完全に冷静になんかなれるわけがないのだ。

呼び方が〈本能〉だろうが〈手段〉だろうが、私がこのコたちを〈愛しい〉と思う気持ちは結局のところ〈愛しさ〉でしかない気がするし、と同時に、私が抱くどれほどの

愛しさも、母親である真珠が子猫たちを守ろうとする衝動の激しさには——つまり彼女を内側からつき動かしている〈何ものか〉には、とうてい追いつけないんじゃないかとも思う。……うまく言えない。

それでも、生まれてから二か月ほどの間、子猫の育っていく様子をそばで見ていたら、人間の子どもが社会性を身につけていく過程とちっとも変わらないことがわかって面白かった。最初のうちは自分自身とおっぱいにしか興味がなかったのが、だんだんと真珠のことを保護者として頼るようになり、姿が見えないと捜して鳴くようになり、そのうちに仲間の存在を意識し始めて、さらには仲間内でも上下関係ができていく。

よく、ハイハイを始めた赤ちゃんのいる家では手の届くところに何も置いておけないと言うけれど、相手が子猫でもそれは同じだった。[*72]電気のコードはガジガジ噛むわ、落ちている画びょうは食べようとするわ、取っ組み合いをして転げまわった拍子に花瓶は倒すわ……。そのあげく、眠くなったとたんに行き倒れのようなかっこうでパタリと眠りこけてしまう。電池が切れたかと思うくらいの唐突さだ。

一度など、四匹いっぺんに消えてしまったので、まさか外へ出てしまったのかと大慌てで裏山や庭を捜しまわったのだけれど、結局、見つかったのは家の中だった。ステレオのアンプの裏側[*73]で全員ダンゴになって寝ているのを、真珠が見つけたのだ。

胸を撫で下ろしながら、それこそ、例の探知機が必要かも、と思った。

いえ、買いませんけどね(たぶん)。

そんなある日のこと。

夜の八時も過ぎてから、電話が鳴った。ジャックとシェイミーを預けているクラブからだった。

「いよいよです」と、スタッフが言った。「どうやらシェイミーのやつ、今夜あたり産みそうですよ!」

またしても、お産。

村山家、ベビーラッシュです。

*66・67 二つとも、最近ホームセンターで目撃した。それなりに需要があるということか?

*68 同じ発想で、最近はカギやお財布に発信機をつけておくというのもあるらしい。家の中で見えなくなることがよくあるから、それはありがたいかも。

*69 注文するのに受話器! 我ながらびっくりした。

*70 文句言ってるわりに、このトイレはすぐれものだった。今でも同じ商品があるみたい。助かってる人が多いのだろう。

*71 二〇一一年に亡くなった、立川談志師匠。『笑点』の生みの親にして初代司会者でもあ

る。強烈な個性ゆえか、好き嫌いの分かれる噺家《はなしか》さんだったけれど、時々、他の誰にも言えないセリフで時代を斬ってみせる人だった。

＊72 子猫じゃなくても同じだった、と今は言いたい。我が家にいる〈楓《かえで》〉が、ちょっと目を離した隙に嚙み切ったスマホの充電コード、すでに両手の指では足りない。目を離しすぎ、という考え方もありますが。

＊73 あったかいもんね。

『青い目の子馬』の巻

「今見たらそろそろ破水が始まってるんで、このぶんだとあと数時間か、遅くとも明け方までには生まれるんじゃないかと……」

すぐ行きます！　と叫んで電話を切ると、私たちは大慌てで、遅い晩ご飯の残りをかっこみ、服を着替えにかかった。

子馬が生まれるところを見たくて、真夜中でもかまわないから連絡してほしいと頼んであったのだが、まさかこんなに急だとは思わなかった。

はるばるアメリカからやってきた馬〈シェイミー・コマンドー〉を、成田空港近くの検疫所へ迎えに行った日から、はや数か月。あの時すでにおなかが大きかった彼女の赤ちゃんが、ついに今夜生まれようとしているのだ。

いったいどんな子馬だろう。毛色は？　性別は？　気性は？　いや、そんなことよりとにかく無事に生まれてきてさえくれたら……。

あたふたとジーンズに足をつっこみながら私は、よせばいいのに、わざわざ最悪の事態を思い浮かべて不安に駆られてしまった。いつだったかテレビで観た『ムツゴロウとゆかいな仲間たち』[*74]の馬の出産シーン。苦しがる母馬の血まみれのお尻から突き出た子馬の脚を、ムツゴロウ氏とスタッフの人たちが数人がかりでぐいぐい引っぱる。同じオンナとしてはもう、見ているだけで痛くて痛くて身がすくむ思いだった。どうしよう、シェイミーがあんなふうな難産だったら……。

とにもかくにも戸締りを済ませ、お財布と携帯だけをひっつかんで玄関を出ようとした、その時だ。再び電話が鳴った。今度もまた乗馬クラブからだった。

いきなり、

「申し訳ないッ！」

心臓がひやっとした。まさかシェイミーの身に何か？　と思ったら、

「生まれちゃいました」

……は？

「生まれちゃいました」

えええっ？　だって、さっきの電話からまだ二十分くらいしか……。

「でも、生まれちゃいました。スルスルッと」

うっそぉーっ！　馬ってそんな安産なの？

それでもまだ半信半疑のまま、暗い山道を車を飛ばして駆けつけると、ほの暗い厩舎にはスタッフが全員集まっていた。

通路をはさんで向かい合わせにずらりと並んだ馬房から、ジャックを含め、ほとんどの馬たちが鼻面を突き出して、中央に位置するたったひとつの馬房の気配をうかがっている。その馬房——ワラが厚く敷きつめられたいちばん広い部屋の、オレンジ色の薄明かりの下で、たったいま母馬になったばかりのシェイミーは、赤く透きとおった胎盤をお尻からぶらさげたまま落ち着きはらって干し草をモグモグやっていた。[*75]
脚の間に、黒っぽい小さな影がうずくまっているのが見える。びっしょり濡れた体をふるふると震わせながら、子馬は、冗談みたいに細くて長い脚を寝ワラの上に投げだし、懸命に頭をもたげていた。いったい何が起こったの？　とでも言いたげな、心細そうな表情だ。

津波みたいに押し寄せてきた感情を苦労して抑えながら、私が小声で、

「馬のお産がこんなに簡単だなんて思ってもみませんでした」

と囁《ささや》くと、いつも私たちをしごいてくれているチーフが笑って言った。

「みんなそう言うんですけどね。前なんか、コンビニに弁当買いに行って戻ってみたらもう生まれてた、なんてこともありましたよ」

ほえええ。

何だかいっぺんに力が抜けてしまった。

だけどそれじゃあ、ドラマに出てくる馬のお産のシーンが例外なく逆子だったり難産

だったりするのは、あれはいったい何だったんだろう？〈てえへんだ、ハナの子が生まれるど、医者さま呼びにいけや！〉とか大騒ぎして、一家総出で夜通し母馬のおなかをさすったり子馬の脚を引っ張ったりして、一時は母子共に危ない状態にまで陥って、その果てに夜明けの光とともにカンドーテキに生まれてくるのが馬のお産ってものだとばかり思いこんでいたのに……まさか着替えて戸締まりしてる間に生まれてこようとは、ありがたいというか、ありがたみがないというか。これじゃ猫のお産のほうがよっぽど大変だったじゃないの。

でも、シェイミーみたいなクォーターホースはともかくとしても、競馬界における純血のサラブレッドのお産はやはり、たいてい人の手を必要とすると聞いたことがある。もしかするとそれは、ひたすら速く走るためだけに改良を重ねて人工的に作りだされた動物の、〈生きものとしての弱さ〉なのかもしれない。だって、もし野生の馬がみんな難産だったりしたら、とっくに絶滅しててもおかしくないもの。

「もうすぐ自分で立とうとしますから」

と、チーフに言われて我に返る。

「そしたら、一緒に中へ入って手伝ってやって下さい」

え。……マジで？

そりゃ子馬にはさわってみたいけれど、正直ちょっと腰が引けてしまった。というのも、しばらく前に若いスタッフのひとりが別の母子の馬房掃除をしている最中、気の立った母馬からいきなり肩に噛みつかれる（！）という事件があったばかりなのだ。馬の噛み跡なんか、見たいと思ったってそう頻繁に見られるものじゃない。ねーねー見して見して、と付きまとってとうとう見せてもらったら、おお！　彼の右肩の前後には、ドス黒い紫色の歯形が、まるでイレズミのようにくっきり浮かび上がっていた。歯磨き指導のお手本にしたいほどのじつにきれいな歯並びだったけれど、横から我も我もとのぞいたほかのみんなからは「うっわ、だっせ〜」だの、「男らし〜ッ」「男の仕事ぉ〜」だのとからかわれ、本人はすっかり意気消沈していた。

あの二の舞はヤだなあ、と思ってみる。すごく痛そうだったしなあ。いくらシェイミーがおとなしい馬だといっても、今だけは神経質になっていたっておかしくない。

そのシェイミーはといえば、時おり子馬に鼻づらを寄せ、優しく押して立たせようとしていた。私たちにしても、子馬がひとりで立って初乳（免疫効果ばつぐんの最初のお乳）を飲み、めでたく初ウンチまで出してくれないことには安心してここを離れるわけにいかないのだ。

入口の引き戸の陰から、まるで飛雄馬《ひゆうま》を見守る明子《あきこ》姉ちゃん[*76]みたいに息をひそめてのぞいていると、子馬はやがて前脚を二つに折って引き寄せ、自分で立ちあがるそぶりを見せ始めた。何度か、よっ……よっ……と勢いをつけ、ばたばたっともがくようにしてやっと立ち上がったかと思えば、ゆーらりゆーらり前後左右に大きく揺れたあげくに顔からドサリと倒れこんでしまう。危なっかしくて見ちゃいられない。

手招きされて、私はどきどきしながら馬房に入っていった。

シェイミーは首をめぐらせ、モグモグする口をぴたりと止めてこちらをじーっと見つめたものの、とくに異は唱えなかった。再びむこうを向いて草を食べ始める。私を、というより、人間を信じきっているらしい。

「次に子馬が立ち上がったら、おなかの下から腕をまわして支えてやって下さい。あっほら、今です今!」

急いで両腕を差し入れる。わ、重い! 子馬もろともよろけそうになるのを、中腰のまま踏んばる。血の混じった粘液で全身が濡れているせいで、ともすればヌルッと手が滑りそうになる。もっと深くかかえこむ。子馬の背中に鼻がくっつきそうだ。血なまぐさいのだろうとばかり思ったのに全然違っていて、さっぱりと清潔な、どこか懐かしい匂いがする。これって何の匂いだったろう。よく知っているはずなのに思い出せない。

両手の指に、向こう側のあばら骨が触れているのがわかる。骨そのものがまだ、ゴムでできているみたいに柔らかくて、力の入れ方をちょっとでも間違うとつぶれてしまいそうだ。寒いのか、怖いのか、子馬が小刻みに震えているのがじかに伝わってくる。愛しさともせつなさともつかないものがひたひたと胸に満ちてきて、なんだか声をあげて泣き出したいような気持ちになる。

「怖がるようだったら、もっともっとさわってやって下さい」と、チーフが言った。

「人を恐れないようにするトレーニングは、今から始まってるんです」

私は、向こう側にまわした指で、震える子馬の体を何度も撫でた。怖くないよ。いじめたりしないよ。大丈夫だよ……。

四本柱だけの二階家のようにふらふらしながらも、子馬はどうにか私の腕に支えられて立っている。よろけるたびに私の足を踏んづけるのだけれど、ちっとも痛くない。

例の、肩をかじられたスタッフが言った。

「しっかし脚の長ぇやつだなあ。こりゃでかくなるぞ」

と、子馬の後ろへまわったチーフが、トウモロコシのひげみたいな情けない尻尾を持ち上げて言った。

「あ。メスだ」

厩舎の中に、ため息が広がった。どうやらオスが望まれていたらしい。

(いいもんねー)と、私は子馬の耳に囁いた。(女同士、仲良くしようねー)

どれくらいいたっただろう……やがて、横になりたそうな気配を見せた子馬を、私はそっとワラの上に横たえた。すっかりだるくなった腕をおなかの下から抜こうとした時、ふと目が合って、とたんに胸がきゅうっとなってしまった。初めて気がついた。いっぱいに見ひらかれた子馬の瞳は、両方とも、星のように澄みきったブルーだったのだ。

立ちあがり、シェイミーママに手を伸ばす。

「えらかったねえ」

長い首を撫でさする手が、ねばねば、にちゃにちゃする。窓からの夜風で見るまに乾いて、おにぎりを握った後みたいにパキパキになる。

両手を鼻に近づけて、もう一度かいでみた。塩っぽくて、生あったかくて清潔な、なぜか安心する匂い。

——思い出した。

それは、海の水の匂いだった。


再び、どんどん女系家族となっていく。

猫の真珠、馬のジャック、シェイミーとその子馬……ばかりではない。真珠と四匹の子猫たちを入れたバスケットをかかえて、初めてのワクチンを接種してもらいに動物病院へ連れていったところ、先生は一匹ずつお尻をチェックしては言うのだった。

「かすみちゃん……は、女の子よね、三毛だもんね。もみじちゃん……も、三毛で女の子。この白いコが、つららちゃん？　あらあら、このコも女の子だわ。最後は、ええと、タキシード模様の麦ちゃん。……あれまあ、このコも女の子だわよ！」

耳を疑った。

嘘でしょう？　と私は言った。このコだけはほら、他のと顔も違ってるし、オスでしょう？　ね？　ほら。

「いンえ、全員しっかりメス」先生は無情にも言い放った。「四匹ともだなんて、へぇー、珍しいこともあるもんだねえ」

ううむ、弱った。このまま子猫たちが成長して、真珠ともどもせっせと子づくりに励むようになったら、我が家はあっというまに猫屋敷になってしまう。

やっぱり、避妊手術以外に道はないんだろうか。自然のままに任せておいてやりたいのはやまやまだけれど、五匹だけでも大変なのに、これ以上増えたらとても責任持っていい面倒みきれない。でも、動物の命をそんなふうに人間がコントロールしてしまっていいんだろうか。都会だったら仕方のないことかもしれない。でもここは、田舎の山の中なのだ……。

よく考えなくては、と思った。彼女たちにとって、あるいは彼女たちが将来産むかもしれない子猫たちにとって、何がいちばん可哀想なことなのか、よくよく考えて答えを出さなくては。

けれど――この時点ではもちろん、私たちは予想だにしていなかった。よかれと思って打ったこの時のワクチン注射が、あとあと、えらい騒動へとつながっていくなんて……。

＊74　一九八〇年から二〇〇一年までフジテレビ系列で特別番組として放送。高校生の頃は、卒業したらムツゴロウ王国のスタッフとして働きたい、と思ったこともあった。完全に逃避だけれど、憧れる生活だったのは事実。
＊75　このあたりからの経験と描写は、のちに書いた小説『天翔る』にそのまま生かされた。
＊76　この当時にはまだ、こう書いただけで読者全員にわかるだろうという確信があった。今は、たぶん知らない人も多いんだろうなあ、『巨人の星』。ちなみに明子姉ちゃんはのちの続編で花形《はながた》満《みつる》と結婚するのでした。

『五匹が限界です』の巻

世界中が油を浴びたかのような昼下がり、裏山の木々は猛々しいほどに茂り、緑を通りこして黒く見えるほどだ。

炎天下、ちりちりと肌を灼《や》かれていると、何となく追い立てられているような気がして落ち着かなくなる。宿題をためては後になって焦っていた、あのいくつもの夏休みの記憶がそうさせるのかもしれない。

仕事で夜更かししては遅く起きることのある私の生活習慣に合わせて、うちでは毎年、普通の朝顔以外にも、午後までしぼまないで咲き続けてくれる昼咲き朝顔を植えている。〈ヘヴンリー・ブルー〉[*77]という名のその朝顔は透きとおるように蒼《あお》くて、息がかかるほど間近で見つめていてもどこか遠い感じがする。

十鉢ほど並んだ朝顔のつるは、毎日ぐんぐん伸びていく。

それらと競い合うように、四匹の子猫たちもぐんぐん大きくなっていく。

このごろでは性格の違いもずいぶんはっきりしてきた。模様が母親の真珠そっくりの〈かすみ〉は、人なつこくておおらかで、ちょっとヤキモチやき。いまだにどう見ても男のコにしか見えない〈麦〉は、いたずら好きで好奇心が強くて、お風呂やトイレにまでくっついて入ってくる。M氏お気に入りの〈つらら〉はマイペースで、ひとり離れて遊んでいることが多いし、シャイで石橋を叩いて渡るタイプの〈もみじ〉はコドモのくせに妙に色っぽくて目力があって、いつも何か物言いたげ……という具合。*78

同じ時に生まれて同じように育ったはずなのに、よくまあこれだけ違いが出てくるものだと感心してしまう。人間の五つ子ちゃんなどでもそうだろうと思うのだけれど、性格って一体、どの段階で決まるんだろう。卵子と精子が結合した瞬間からすでに決まっているんだろうか。神秘としか言いようがない。*79

ついこの間まで真珠に首っ玉をくわえられて上り下りしていた階段を、子猫たちは今や平気で駆けあがり、駆けおりる。途中で足がもつれて下まで転がり落ちても、けろりと飛び起きてまた駆けあがっていく。

元気がいいのは何よりなのだが、おかげでこちらは朝もおちおち寝ていられなくなってしまった。夜が明ける頃、せっかくいい夢を見ている時に限って、寝室の真上の廊下を遠慮のカケラもない足音が往復するのだ。

だだだだだだだ……どどどどどど……。

子猫たちの運動会に、真珠までが加わって大はしゃぎ。〈あたしを捕まえてごらんっ〉とばかりに逃げてみせる真珠を四匹が追いかけまわし、右から左へ……左から右へ……

右から左へ……左から右へ……右から左へ……左から、

「うるせぇぇぇぇーっ！」

ガバリと起きたM氏が、全員を二階から連れ下ろしてリビングへと強制連行し、間のドアを閉めてもう一度寝なおす。

と、やがて再び起きていった頃には、リビングの床一面に茶色の羽毛がふわ〜りふわ〜りと舞っていたりするのだった。真珠が獲ってきたスズメ（すでに御昇天あそばされている）を教材に、狩りの訓練の初歩の初歩、「あしたのために・その一」[80]である。

興奮しきった四匹が、フーッ、シャーッ、とえらそうに息巻いては、かわるがわるスズメにへなちょこパンチをくらわせる――内角からえぐりこむように、打つべし、打つべし、打つべし！[81]――かと思えば、コワゴワのへっぴり腰で空中に放りあげておきながら、ふっとんで物陰に隠れてみたりする。

その様子を、真珠はそばでじっと見守っている。そういえば真珠自身も、母親のこばんから同じようにして狩りを教わったのだった。

こばんはカエルやセミを捕まえるのがとても上手だったけれど、真珠に至ってはもう間違いなく、私が一緒に暮らした歴代の猫たちの中でいちばんの狩りの天才だ。何しろこれまでに獲ってきた獲物のビッグ2は、ノウサギ&キジ[82]、ときたもんだ。

こばんから、真珠へ。

真珠から、子猫たちへ。

一人前の猫として生き抜いていくための知恵と技術は、そうやって連綿と受け継がれてきたに違いない。はるかな昔、古代エジプト人が初めて野生の猫を飼いならすことに成功してから後も、母猫から子猫へと、一度も途切れることなく。

なのに、今、私はその流れを断ち切ろうとしている……。

そう——二度目のワクチンを接種してもらいに全員を病院へ連れていったその日、私は、真珠だけをそこに残して帰ってきたのだった。翌日行われる避妊手術のために、前日から絶食させなければならなかったからだ。

さんざん悩んだ末にようやく心を決めて連れていったはずなのに、いざとなるとまたしても気持ちが揺れて、なかなか真珠から離れることができなくて困った。

「手術そのものは簡単だからね、心配ないよ。二日もしたら退院できるよ」

見かねた先生はそう言って慰めてくれたけれど、奥の部屋のケージからアオーウ、アオーウと呼んでいた真珠の声が、家へ帰ってからもいつまでも耳から離れなくて、思っていた以上に精神的にまいってしまった。

たとえば『猫の飼い方』のような本には、当然のごとくこう書いてある。

〈子猫を望まない場合は、飼い主が責任を持って避妊・去勢手術を受けさせましょう〉

あるいは、動物愛護の意識の高い人の中には、目をつり上げてこんなふうに言う人もいる。

〈人間の身勝手で手術するのは可哀想だ、とか言って避妊しない無責任な飼い主がいるから、不幸な捨て犬や捨て猫が増えるんです。大量にガス室送りになる犬や猫のことを考えたことがありますか。飼い猫にしても、ワクチンでは予防できない伝染病だってあるんだから、病原菌を持つ野良猫と接触させないためには家から一歩も出さずに飼ってやるのがいちばん幸せなんです！〉

――私が優柔不断すぎるんだろうか。でも、私にはどうしても、そんなふうに迷いもなくひとつの考え方を信じきることができない。

もちろん、理屈はわかる。この国における動物事情は、確かに劣悪だ。

けれど、互いに言葉が通じない以上、猫にとっての幸福と不幸について、究極のところは私たちにわかるはずがないんじゃないかと思うし、それぞれの猫の性格や暮らしている環境によって、幸福も不幸もおのずと違ってくるはずなのだ。中には本当に家の中だけにいるのが大好きな飼い猫もいるかもしれないし、あるいは逆に、飼い猫よりはるかに幸せな野良猫だっているのかもしれない。

私にできるのはせいぜい、いま目の前にいる猫に限ってその気持ちを想像してみることでしかなくて、そうしてせいいっぱい想像してみた時、少なくともこういう環境――房総の自然の真っ只中《ただなか》――に暮らす真珠にとっては、好きな時に好きなだけ裏山へ遊びに出かけることができ、好きなオスと好き勝手に恋をして、自由気ままに生きていくのを幸せだと感じているんじゃないか……と、そんなふうに思ってしまう。

たとえ相手のオスから死病をうつされる危険性があったとしても、すでに外の世界を知ってしまっている真珠が、長生きのためだからと家から一歩も出られない生活のほうを選んだりするだろうか？　そういう理詰めの判断ができない猫のかわりに、飼い主である人間が判断すべきなのだと言われてしまえばそれまでだけれど、それを言うなら、人間の下す判断はあくまでも、人間の基準によるものでしかないんじゃないだろうか？

もちろん――私がそんな甘っちょろいことを言っている間にも、毎日毎日、想像を絶する数の犬や猫がガス室送りになっているのはまぎれもない現実だ。人間の身勝手のシワ寄せは、いつだって、彼らのような立場の弱い者へいく。

だからこそ、私はごまかしたくない。

〈真珠の幸せのため〉と言っておけば聞こえはいいし、誰も私たちを責めないだろうけれど、私と相方が真珠に避妊手術を受けさせることを決めたのは、元はといえば〈彼女の幸せのため〉ではなくて〈私たちの都合のため〉だ。彼女にこれ以上ぼろぼろ子猫を産んでもらっては、私たちが困るからだ。

誤解しないでほしいのだけれど、私は決して、避妊や去勢を否定しているのではない。もしそうだったら、どんな事情があれ真珠に手術なんか受けさせない。

でも、手術するにしろしないにしろ、家の中だけで飼うにしろ外に出すにしろ……結局どう転んでも動物たちは、人間の決定に従わされて生きるしかない。だからこそ私は、どちらか一方をとって、それが彼らの幸せなんだと決めつけたり、やましさに目をつぶって自分を納得させたりしてしまいたくはない、ただそれだけだ。

どういう答えを選ぶにしても、私たちに選べるのはいつだって、〈正しい方法〉なんかじゃなくて、せいぜい〈中でもいくらかマシに見える方法〉でしかないんじゃないだろうか。そのことを忘れてしまうと、人は、いのちに優しいつもりで、かえって傲慢になってしまうような気がする。[*83]

ともあれ、そんなわけで――。

二日後に真珠が、傷口をなめないようにと首のまわりにエリマキトカゲみたいなエリザベス・カラーを巻き、おなかにサラシを巻いて帰ってきた時、私たちは、ごめんね、ごめんね、とひたすら謝ることしかできなかった。下にも置かないおもてなしを受けた真珠は、かえってうっとうしそうに隅っこへ行って寝てしまったけれど。

ところが。

悪い時には悪いことが重なるものだ。二、三日たった頃から、真珠がしきりにクシャミをし始めた。傷口の消毒に病院に連れていったついでに相談してみると、

「ありゃりゃ、風邪ひかせちゃったかしら」

と先生は眉を寄せた。

「入院中の冷房がいけなかったかねえ。暑くてみんなバテてたから、うんと弱く入れておいたんだけど。早く治してやらないと、子猫たちにうつったら大変だ」

しかし、時すでに遅し。それから二日もたたないうちに子猫たちは次々にくしゃみを始め、もみじと麦はひどい鼻づまりのせいで口で息をするわ、かすみとつららは結膜炎のために目が腫れて開かなくなるわ……。

病院で測ったら、なんと、熱が四十度もあった。いつもなら冷たいはずの耳の先までがやけどしそうに熱いのに、解熱の注射を打とうとするとどのコも死にそうな声でぎゃわぎゃわ大騒ぎをする。それを私と助手さんの二人がかりで押さえつけて、抗生物質のほかにも水分と栄養補給のためのやたらと太いのを首の後ろに何本か注射してもらうと、肩のあたりがボコッと盛り上がり、腫瘤《しゆりゆう》のようなコブになってしまうのだった。一時間かそこらで体に吸収されて消えるとはいえ、見ているだけで痛々しくて身のすくむ思いだ。

食欲はまるで無い。水も飲まない。仕方なく、病院でわけてもらった特別の缶詰を、無理やり食べさせた。相方が一匹ずつ押さえこんでいる間に私が口を開けさせ、缶詰から指ですくっては上あごになすりつけるのだ。ついでに薬の錠剤も飲ませ、脱水症状を起こさないようにとスポイトで水や猫用ミルクを流しこむ。

五匹全員をなだめすかして食べさせるのに一時間、それが一日三回。その合間に毎日通院しては、これまた全員に何本かずつ注射を打ってもらう。

そんな日が二週間近くも続き、二人ともがいいかげんダウンしかけた頃——猫たちの熱と鼻水と目の腫れはようやく引っこんだ。

「ちょうどワクチンを打ったところに風邪のウイルスが入ってきたから、よけいにひどくなっちゃったんだねえ」

深々とため息をついて、先生は言った。

「でも、ワクチン接種が生後二か月目だったからまだ良かった。親猫からの免疫があったからね。これが三か月を過ぎての接種だったら、えらいことになってたよ。ちょうど免疫が切れたところへウイルスのワクチン株と野外株が合わさったら、命が危なかったかもしれない」

この騒動でてんやわんやの間に、気がつくと真珠のおなかの傷はきれいさっぱり治ってしまっていたけれど、いやはやまったく、心身ともにくたびれ果てた二週間だった。

そうして、つくづく思った。

五匹が、限界です。[*84]

＊77　この頃から毎年欠かさず咲かせている。『天使の卵』映画化の際に書いたサイドストーリーにもこの花の名前をタイトルにつけた。

＊78　こんなに小さな頃から、もみじはすでにもみじ以外の何ものでもなかったんだな――と、写真を見ているとつくづく思う。四匹ともみんな可愛いのだけど、目の力がやはり抜きん出ていると思うのです。

＊79　一九七六年、当時NHK職員だった山下さん宅に五つ子が誕生、小学校に上がるまでを追ったドキュメンタリー番組は大きな話題となった。なつかしい……。

＊80・81　これも、今は知らない人がいるのかな。『あしたのジョー』、登場する子どもたちは盗みやかっぱらいをして暮らし、タバコを吸ったりもしていたっけ。ふつうにテレビで放送されていたけれど、今だったらうるさいこと言う人がいそうである。

＊82　ここにヘビを加えたビッグ3を獲ってきたのがもみじ。晩年には、私の文房具やパソコンのマウスなどが血祭りにあげられた。

＊83　この考えは、今でも基本的に変わっていない。けれども、この数年後、もみじを家の中だけで飼うようになってからは、もう二度と彼女を外へ出すことはできなくなった。私が別れの可能性に耐えられなかった。それもやはり、「私が」であって、もみじがどう思っていたかはわからない。いまだにわからないまま、現在の子たちは家の中で飼っている。

＊84　結局、生後八か月目に、子猫たち四匹全員に避妊手術を受けてもらった。正しかったかどうかよりも前に、そうするしかなかったわけだけれど、晩年のもみじを見ていて、彼女に子がいたらどんなだったろうと夢想することは何度もあった。あれでけっこう、いいおっかさんになったんじゃないかな。

『歴史はくり返す』の巻

なんと、ジャックの乳歯が抜けた。

馬も歯がはえかわるなんて初めて知った。たいていは自分で飲みこんでしまうか、どこかに落ちてわからなくなってしまうことが多いそうだけれど、

「たまたま餌バケツの底に落ちてたんで」

と乗馬クラブのチーフが渡してくれたそれは、サイコロステーキひとかけら分くらいの黄色っぽい臼歯《きゅうし》だった。ふうむ、この丈夫そうな歯でニンジンだの干し草だのをすりつぶして食べるわけか、とまじまじ眺めていると、

「それ、指輪にしたらどうですか」

と真顔で言われた。

そりゃあ、ねえ。象の牙や水牛の角や、熊の爪だって装身具になるんだから、馬の歯だけ差別することはないやねえ。けど、馬の歯を指にはめた女ってのも、何だかねえ。

いずれにしても、馬に関してはこの通りまだまだ知らないことだらけ、勉強しなくてはいけないことが山ほどある。いつかはジャックたちと一緒に暮らす！という例の夢

もまだしつこくあきらめずにいるもので、近ごろ私は、馬関係の専門書を取り寄せてはせっせと勉強にはげんでいる。本屋さんで『馬の飼い方』を探したのだけれど無くて(当たり前か)、試しにインターネットをのぞいてみたら、馬関連のサイトはもちろん馬の本専門の書店まであってびっくりした。いやはや、いい時代になったものである。[*85]

そうして、知識の面でだんだんいろんなことがわかってくると、最初のうち大差ないように思えたクラブの馬たちの性格にも、じつはそれぞれに個性があることが見えてくるのだった。

M氏が練習の時によく乗るストリーカーという名の気の荒い馬は、乗り終わって彼が背中から下りると必ず、〈これでも片しやがれ〉とばかりに山盛りの糞をする。かと思えば、私がジャックの次によく乗るコディという馬は、ふだんは平気で馬場に入るのに、審判席に誰かが座るのを見たとたん、テコでも動こうとしなくなる。アメリカにいたころ競技ばかりやらされたのを思い出すせいらしい。

「百頭いれば百頭とも性格違いますよ」と、チーフは言った。「ほら、こいつなんかはおとなしくて度胸あるから、前にCMとかテレビの天気予報なんかにも出たんですけど。な、そうだよな?」

またがっている馬の顔をチーフがのぞきこむと、ウン、と馬が大きくうなずく。

「お天気お姉さんに『馬さん馬さん、明日は晴れますかねえ?』って訊かれて、ウンウンって返事したんだよな」

　ウンウン、と馬がうなずく。

　種明かしをしてしまうと、これは調教さえ受けていればたいていの馬ができることだ。正しい姿勢できびきびとした力強い走りができるよう、馬たちは、乗り手が両ひざをぐっと締めるたびにあごを引いて首を下げるように教えられているんである。

「ＣＭって言えば」と、相方が（また）よけいなことを言い出した。「うちにも話が来たことあったんですよ。それがなんと、生理用ナプキンのＣＭ。断っちゃったけど。な？[*86]」

　はあ、ありましたねぇ、そんなことも。もうずいぶん前の話だけど。

「じゃあ、今度そういう話が来たらジャックと出たらどうですか」とチーフは言った。

「ほら、ちょっと前なんてキムタクが馬と出てるＣＭもあったことだし」

「あ、そんでそんで、こいつとジャックの掛け合いでこんなのはどうスかね？『多い日も安心』『馬並みでも大丈夫』」

　鞍の上につっぷして笑っている二人につられてつい苦笑いしてしまいながらも、ちょっとだけ、思わないでもなかった。ったく、苦労知らずの男どもめ、いっぺんジャックで蹴り入れてやろうか、と。

　馬に乗った帰りには、例によってちょくちょくボロ（馬糞）をもらって帰る。言うまでもないことだけれど馬は草食動物だから、糞といってもじつにきれいなもので、乾燥してほろりと崩れたボロの中からは干し草や青草の繊維しか出てこない。去年の間に刈った草や落ち葉の間にこのボロを積み込んで作った堆肥《たいひ》のおかげで、今年の畑はキュウリもナスも絶好調、このままいくと秋ナスも大いに楽しめそうな勢いなのだ。

やっぱり、作物を育てるには土がいちばん大事なんだなあと思う。子どもが育つのに環境が大事なのと同じことかもしれないけれど。

〈人はどうして生きものを飼うのか〉をめぐっての、たしかイギリスの学者の研究だったと思うけれど、人が犬や猫を好きになるかどうかは、幼児期の環境に左右される部分が大きいらしい。つまり、犬が好きな人の多くは子ども時代に犬を飼っているし、猫好きはたいてい猫のいる環境で育っていて、両方好きな人は両方とも飼っていた場合が多く、そして何も飼っていなかった子どもは何も飼わない大人になる、というわけだ。

もちろんこれはあくまでも〈そういう傾向が強い〉というだけの話であって、たとえば小さいころ犬を飼いたいのに飼えなかった人が大人になってから嬉々として飼うケースだっていくらでもあるとは思うのだけれど……。

こと我が家に限って言うなら、この研究結果はまあまあ当たっているんじゃないかと思う。何せ、このとおり動物抜きでは生きていけない体質の私は数々の生きものと同居する子ども時代を送っていたわけだし、一方で、超弩級《ときゆう》の猫嫌いだった相方はといえば、子どもの頃から猫とは一度も親しく接したことがなかったばかりか、例の鳩を獲られたトラウマもあり、おまけに親戚の農家のおじさんからは「猫はニワトリの敵だから見かけたら石を投げろ」と仕込まれて育ったというのだから。

人は、環境によって作られる。

とはいえ、このごろでは彼は、真珠がとっておきの甘え声を出してせがむと「しょうがねえなぁ」とか言いつつも食卓から魚のしっぽをやったりするし、ひまさえあれば子猫たちを抱きあげて、相手の迷惑もかえりみず〈電線音頭〉[*87]やら〈モーニング娘。〉[*88]やらを踊らせている。つい何日か前には、裏のたき火跡で転げまわって遊んだ五匹が全員黒猫になって帰ってきたせいで、〆切り間際の私に代わって急きょ彼がシャンプーを担当することになってしまった。

数時間後には、すっかり乾いてふかふかの毛玉が五つ。

以前なら決して望めなかった幸福にウットリした私が、

「まるで夢のようだねえ」

と言うと、彼は、疲れた顔で答えた。

「俺は、悪夢のようだよ」

大嫌いなシャンプーが待っていようと、時には痛い目にあおうと、子猫たちの好奇心はとどまるところを知らず、以前は真珠と一緒でなければ一歩も外に出なかったのに今ではすっかり大胆になって、子猫たちだけで遊ぶ時間のほうが長いくらいだ。

真珠ももう、おっぱいをやろうとはしない。誰かが思い出したようにおなかをまさぐりに行っても嫌そうに逃げ、それでもしつこくされるとシャアッと息を吐きかけて叱る。ほんとうの乳離れの時期がきているのだろう。

朝、私が庭に水をまいている間、子猫たちはそばでそれぞれに好き勝手なことをしている。一度つかまえたはずのバッタやトンボにまんまと逃げられたり、ホースにこわごわ近寄っては相手が動くたびに垂直に飛びあがったり、葉っぱの先からしずくがポトンポトンと落ちるのを飽きることなくうなずきながら眺めたり……。

顔より大きなカマキリを四匹全員で取り囲んだ時など、最初にちょっかいを出した麦は鼻先をカマではさまれて絶叫し、ほかの三匹もかわるがわる足だの耳だのをはさまれて鳴きわめき、悲鳴を聞きつけてとんできた真珠までが、怒り狂ったカマキリに口の横をぎゅうぎゅうやられて大パニック。雄叫《おたけ》びをあげながら連続パンチの猛攻でカマキリをたたきのめす、なんていう一幕もあった。子どものけんかに親が出て本気になっちゃったケースである。

日が高くなると、子猫たちはまるで床にボタモチをばらまいたように散らばって昼寝をする。

ずっと昔、母や祖母が、寝ている猫を横目で眺めやっては、

「猫になりたや」

と呟《つぶや》いていたのを思い出す。

あの頃はどうしてそんなことを言うのか不思議でならなかったけれど、最近、

「うらやましいねえ、お前たちゃ」

などと、要するに同じ意味のことを呟いている自分に気づいておかしかった。結局のところ、歳を重ねた私たちがうらやましく思うのは、猫たちのあのやわやわとした体の中にたゆたう〈時間〉なのだろう。何はなくとも、彼らには時間だけはたっぷりある。無限ではないにしろ、それは隅から隅まで彼らのものだ。しかも私たちのように昨日の悩みを今日に引きずることもなければ、無駄に明日を思いわずらうこともない。彼らは、〈自分自身〉と〈今ここ〉しか持っていないから[*89]。

子猫たちがぐっすり寝入っている時に限って、ひょい、と膝に飛び乗ってくる真珠の、目やにだの背中についた草の種だのをいちいち取ってやりながら、私は自分までなんだか眠たい気持ちになって、彼女がのどを鳴らす音を聞く。

このぬくもりがありがたくなる季節も、もうすぐそこだなあ、と思いながら。

そんなある日のこと。

夕方、畑でサラダ用のトマトとルッコラを摘んでいたら、竹やぶから黒っぽいトラ縞の猫がのぞいているのに気づいた。なんとなく、どこかで見たことがあるような……。

一瞬の後、私は大声で叫んでいた。

「こばんッ?」

ニアアアアッとかすれ声をあげて、彼女が足もとへ駆け寄ってくる。信じられない。ほんとに、本当にこばんだ。子猫だった真珠をおいて消えてしまったあの日から、八か月もの間ただの一度も姿を見せなかったのに、いったい何があったというんだろう? いやそれより、今までどこでどうしていたんだろう?

ぐいぐい体をこすりつけて甘えるこばんを抱きあげると、びっくりするほど軽かった。こんなに小さい猫だったろうか、真珠の半分くらいしかない。

抱いたまま勝手口へ連れていき、まだ取ってあったこばん専用のお皿に猫用缶詰を開けて食べさせていたら、ちょうど食べ終わる頃になって裏山から真珠と子猫たちがぞろぞろ帰ってきて、こばんを見るなり立ち止まった。

びりびりっと緊張が走る。

次の瞬間、子猫たちは我先に家の中に逃げ込んだ。自分らのおばあちゃんだなんて知るはずもないのだから無理もないのだけれど、残された真珠とこばんまでが、背中を弓なりに丸め、しっぽの先まで毛を逆立ててファアアッと息を吐いている。お互いをすっかり見忘れてしまったんだろうか？　もうどこにも、親子の情なんてものは残ってないんだろうか。

でも、あの〈子別れ〉の日とは形勢が逆転していた。今度は、真珠のほうがこばんを威嚇する番だった。この家はもはや真珠の縄張りで、おまけに彼女の後ろには守らなければならない子猫たちがいる。今だって窓のところから押し合いへし合いしながら、こわごわこっちをのぞいているのだ。

と、一瞬の隙をつき、こばんが真珠の脇をすり抜けて竹やぶに飛びこんだ。追いかけようとする背中へ「真珠ッ！」と呼ぶと途中で引き返してきたものの、しっぽやひげの先はまだ興奮でぴくぴく震えている。

私と目が合ったとたん、ちょっと得意そうに胸を張って鳴いてみせた真珠に向かってつい、

「ばか、あんたの母ちゃんじゃないのっ」

と毒づいてしまった。

そりゃあ、小さかった真珠に向かって先に牙をむいたのはこばんだったけど、それにしたってせっかく帰ってきてくれたのに。きっと無理だろうとはわかっていたけれど、それでももしかしてもしかしたら、またみんなで暮らせるようになるかもしれないと思

ったのに。

そうして、この時ふと襲ってきた不安——まさかこれから先、真珠と子猫たちの間にも同じことが……？　という不安は、それからまもなく、現実になったのだった。

＊85　Ａｍａｚｏｎの日本語サイトがオープンしたのは二〇〇〇年の十一月。オンラインでの物販そのものがまだそんなに盛んではなかった。
＊86　なぜ断ったかと言えば、当時の私は男子が主人公の青春小説を多く書いていたため、十代二十代の男性読者にはシゲキが強いのではと思ってのことだった。提示されたギャラにはびっくりしたし、今なら絶対お受けするのに、なぜかお話そのものが来ない。
＊87・88　嗚呼、時代……。「ニッポーンの未来はＷＯＷ×４」……と片手をふり回していた子猫たち。もみじだけは暴れてすぐに逃げたっけ。意に染まぬことは絶対しないのが彼女。
＊89　十七年後のもみじの、最後の日々を思ってこれを読むとたまらなくせつない。落ちてゆく砂時計を見守るような日々だったけれど、もみじ自身は昔と変わらず、〈自分自身〉と〈今ここ〉だけを持って過ごしていたのかもしれない。そう思うとちょっと救われる。

『人生あみだくじ』の巻

これは人間の子どもの話だけれど、赤ちゃんが生まれたのをきっかけに、上の子までが急に赤ん坊返りしてしまうというのをよく聞く。とっくにおむつも取れていたはずなのにまたおもらしするようになるとか、そんな歳でもないのにおっぱいを欲しがるとか[*90]。でも、似たような葛藤は動物の場合にもあって、一匹だけで可愛がられていた犬や猫の家に新入りがやってくると、古株のほうはやきもちを焼いてすねたり、乱暴になったり、ひどい時には家出してしまったりするのだそうだ。

もしかすると、真珠の場合もそうなのかもしれない、と私は思った。子猫たちをこの世に産み落としたのは当の真珠だけれど、ここまで立派に育てあげ、乳離れも済ませてしまった今となっては、彼女にとって四匹の子猫たちはいわば邪魔っけな〈新入り〉みたいなものなのかもしれない。だからこんなに家に寄りつかなくなってしまったのかも……。

そう、真珠はこのごろあまり家に帰ってこないのだ。こばんみたいにきっぱり出ていってしまうタイプの子別れとは違って、彼女の場合はまさに〈寄りつかなくなる〉といった感じの離れ方だった。まるまる三日間帰らなかったかと思えば、ふらりと戻ってきてカリカリを食べ、一日じゅう私の仕事机の上で死んだように眠りこけていたかと思うと、またふっつりいなくなる。いない間、どこで何をしているのかもわからない。私たち以外の人間の姿を見るだけでさっと逃げるような彼女が、どこかに別宅を見つけたとは考えにくいのだけれど、だとしたら餌はどうしているのだろう。鳥でも獲って食べているんだろうか。

もっともっと、大げさなくらいに真珠を猫っかわいがりしてやればいいのかなあ、と私たちは話し合った。彼女の前では子猫を抱かないようにして、餌をやるのでも何でも、とにかく常に真珠がいちばん、真珠だけ特別、あんたはうちの女王さま……そんなふうにして安心させてやれば、いずれは子猫たちとも折り合うようになるんじゃないかなあ、と。何せ子猫たちのほうはいまだにママが大好きで、そばへ行きたくて行きたくてうずうずしてるくらいなんだから。

でも――何をしてみても、無駄だった。折り合うどころか、チビたちの姿が遠くに見えるだけで、真珠はヒゲの先までぴりぴりさせてシャアアアッ！　と息を吐き、それをなだめようと迂闊《うかつ》によしよしなんて抱きあげようものなら私のことまでひっかいて暴れるのだ。

こばんの時は、もちろん悲しかったけれどまだ納得できた。もともと野良だったのだから、野生の本能に従って子別れしたんだ、仕方ないことだ、と思えた。でもまさか、真珠までこんな……。

このまま本当に彼女がこの家から出ていってしまったら、と考えるだけで、心臓が刺すように痛む。二、三日も姿が見えないと、これきりもう二度と帰ってこないつもりなんじゃないかと思えて何も手につかない。

だからといって今となってはもう、子猫たちを養子に出すことも考えられなかった。想像してみてほしい。自分の娘たちの間にいざこざがあったとして、たとえば姉が家を出ると言い出した時、妹のほうに、じゃあ代わりにお前をよそへやるなんて言えるだろうか？

これ以上はもう、流れにまかせるしかないんだ、すべてをこちらの思惑どおりに運ぼうとするほうが間違っているんだ。そんなふうに無理やり自分に言い聞かせながらも、正直言って、はたから眺めているだけでノイローゼになりそうだった。家の中のもめごとというものは、それがたとえ猫同士のけんかでも、まわりをひどく消耗させるものなのだ。

とはいえ――無駄な物事なんてこの世にはないんだなあ、とつくづく思う。当のチビたちは、母親を頼りにできなくなったその時を境にして、みるみるたくましく、したたかに成長していったからだ。仕草からは赤ちゃんっぽさが抜け、身ごなしにもしなやかさが加わって、ネコ科の生きもの特有の音をたてない歩き方をするようになった。どんなに過酷に見えようと、まさにこのためにこそ子別れがあるのだと、納得しないわけにいかないほどの変貌ぶりだった。[*91]

体重は増え続け、とうに二キロのキッチン秤《ばかり》では追いつかない。いつのまにか声変わりもして、四匹が四匹とも微妙に違う声で鳴く。

ある日は、つららが近所の猫と大げんか。翌日は、かすみが追いかけていって仇討《かたきう》ち。別の日は、もみじがハチか何かを飲みこんで泡を吹き、また別の日は、麦がグローブみたいに腫れあがった前足で帰ってくる。何も起こらない平和な日のほうが少ないくらい、毎日は忙しく過ぎていった。

入れかわり立ちかわり、彼らは獲物をとっては意気揚々と見せにくる。朝起きてくるとネズミやスズメなどのおみやげがドアの前にちんまり置いてあるのはまだ可愛いほうで、最近ではヘビまでくわえてわざわざ家の中に持ってくる。

とくに、もみじ。ヘビが怒って反撃に出れば出るほど、エキサイトして立ち向かっていくのが彼女だ。ふだんは引っ込み思案で怖がりのくせに、どうやら土壇場に強いタイプらしい。

うららかなはずのサンルームは突如として〈コブラ対マングース〉の戦場的様相を呈し、見かねた私がヘビを取りあげて外へ逃がしてしまうと、もみじは不思議そうにそのへんの匂いをかぎながら、ソファベッドの下や植木鉢の陰などをいちいちのぞいて捜しまわる。それでも見つからないとなると、獲物を奪った私を恨めしそうに見上げ、愛らしい顔つきには似合わないドスの利いた低音[*92]で延々となじるのだった。

五日も留守にしていた真珠が、げっそりとやつれて帰ってきたのは、ある晩、私が二階の仕事場で書きものをしていた時だ。

棟続きの屋根のあたりでバリバリッと爪をたてる音がしたかと思うと、やがて仕事場の外のベランダががたんっと鳴った。大声の催促に驚いてサッシを開けたとたん、真珠は冷たい夜風を従えてするりと入ってきた。

なんとまあ、ログハウス（ほぼ平屋）の屋根から、増築した隣の母屋の二階ベランダめがけて跳び移ったわけだ。そんなアクロバットを演じてでも子猫たちと同じサンルームの出入り口は使いたくないってことか……。

よしよし、それならそれで、もういいよ、と私は真珠の頭を撫でた。こっちのベランダにもあんた専用の出入り口を作ったげるから。だから毎日帰っておいでよ、ね。ったくこんなに痩せちゃって、ばかなんだからもう。

缶詰を開けてやりながら、甘えてすり寄る真珠のそばにかがみこんだとたん、異臭に気づいた。ぎょっとなって見ると、彼女のお尻のまわりはひどく汚れていた。

何か悪いものでも拾って食べたのだろうか。こんな状態で外へ出したりしたら、それこそ二度と生きて会えないかもしれない。

真珠のお尻を拭いてやるやいなや、私は懐中電灯を持って物置へ走り、もう使うことはないだろうと思っていた猫用トイレと砂の残りを出してきて仕事場の隅に置いた。例のホットカーペットを敷いて寝床も作ってやった。翌朝には薬局で猫用の下痢止めを買ってきて、餌に混ぜては食べさせること四日間。五日目の朝、トイレの砂の上にようやく形のあるブツを発見した時は、どんなにほっとしたか知れない。

こうして真珠は、独自の帰宅ルートを持つに至ったわけだけれど――何より安堵したのは、彼女が自宅療養していた数日間のうちに、子猫たちとの間に暗黙の了解ができ上がったことだ。母屋側は、一、二階ともに真珠の領分。ログハウス側は、サンルームを含めて子猫たちの領分。間をつなぐ短い渡り廊下を緩衝地帯に、なんとか棲《す》み分けが成り立ったのだ。

と、そんな矢先。ご近所に住むアメリカ人のデイヴィ（ジャズ・ミュージシャンのジョン・海山《かいざん》・ネプチューンさんちの息子）がやってきて言った。

「ねえねえ、子猫もらってよう。捨てられてるのほっとけなくて、四匹も拾っちゃったんだよう。こうなったら五匹も九匹もおんなじじゃんよう」

ついつられて、そうだよねえ、おんなじかもねえ、と思いかけた私の横から、「同じなわけねえだろっ」と相方が悲鳴をあげた。「『五匹が限界です』って、お前こないだ自分で書いたばっかりだろが！」

……そうでした。

幸い、デイヴィの子猫たちはそれぞれ無事によその家へもらわれていくことになったのだけれど、さらに数日後、ジャックに会いに乗馬クラブへ行ってみたら、私たちの顔を見るなり、住み込みの女性スタッフが言った。

「ねえねえ、子ウサギもらって下さいよう、七匹も生まれちゃったんですよう」

「ここでもかぁっ！」

殖《ふ》やすつもりなんてなかったんですけど、と彼女は言った。ケージの掃除をするのにほんの数分だけオスとメスを一緒にした間の、一瞬の出来事だったんですよ。

うーむ、さすがはウサギ。だてに〈ＰＬＡＹＢＯＹ〉のマークになってるわけじゃないのね。

しかし、見せてもらったらこれがめっちゃくちゃ可愛いんである。耳が顔の両側にぺろんとたれたロップイヤーという種類のウサギで、親が人なつこいぶん、子ウサギたちもまったく物怖じしない。

ああ、こんなのが何匹かいてくれたら、毎日がどんなにか楽しいだろうなあ。真夏に汗だくで草刈りなんかしなくても、伸びる前にこの子たちがせっせと食べてくれるだろうしなあ。

「ちょっと待て」と相方が再び水をさす。「そりゃ確かに可愛いけど、こういうのと暮らすなら、もっと広いとこでなきゃ可哀想だって。それこそ、ジャックも猫たちも一緒に暮らせるくらいのとこならまだしも、今の家のどこで飼うっていうんだよ」

――確かに。

いいかげんストレスたまってきたよねえ、と私たちは帰りの車の中で話し合った。こうしてジャックと離ればなれに暮らすのも、ほんとは飼いたいニワトリやウサギをあきらめて暮らすのもさあ。いつか広いところに移り住んで農場作るったって、本当に条件に合った土地なんて何年もかけて探さなくちゃ見つかるはずないし、だからって探し始めなかったら一生見つからないわけだしさ。今はまだ資金が足りなくても、とりあえず見てまわるだけなら一銭もかかんないし。そうか、そうだよな、そりゃそうだ、よし、思い立ったが吉日。明日からさっそく土地探しだー! おー!

……という、このあまりにも短絡的なノリこそが、そもそも私たちを東京の生活から今のカモガワ暮らしへと導いたわけで。[*93]

まさに、「人生あみだくじ」。

というのは、じつは私の考えた座右の銘のひとつなのだけれど、要するに、新しい可能性を手にしたかったら、どこかの時点で思いきって一本くじを選ぶ以外にない、[*94]ということなのだ。そうして自分で選んでとりあえず走り出さない限り、次の曲がり角なんてめぐってくるわけないんだから。おー。

そんなわけで、翌日から彼はさっそく、電話帳を片手に房総じゅうの不動産屋に電話をかけまくり、

〈農場を作って馬も飼いたいから、最低でも二千坪。ただし冗談みたいに安いとこ〉

という、それこそ冗談みたいな条件のもと、ついに移住地探しの第一歩を踏み出したのだった。

まさか――いちばん最初に連れていかれた土地に一目惚れしてしまうことになろうとは、夢にも思わずに。

＊90　友人の上の子が今ちょうどこんな感じだと聞かされた時の、〈背の君〉の言葉。「欲しがんねやったら、なんぼでも吸わしたったらええねん。そんな歳やない言うたかてまだ子どもやろ。哺乳びん持ったまんま会社行く大人はおらへん。大丈夫、気ぃ済んだら離しよる。逆に、そこでヘンに我慢させられたほうが、大人になってからもおっぱい欲しがったりすんねんぞ。今のうちに甘えさせたり」

＊91　これとは少し違うけれど、もみじと私がふたりだけで暮らしているところへ引き取られてきた銀次は、七歳になるまでヤンチャ坊主のままだった。そこへ、サスケと楓の二匹が生後二か月でやってきたとたんに、目覚めたかのように大人になった。現在四歳のサスケたちはまだコドモのつもりでいるらしい。いつか子猫がやってきたらどう変わるだろうと、今から楽しみでならない。

＊92　かの中村玉緒《なかむらたまお》さんでさえ、若い頃は涼やかなお声だったんだけどな……。（『ねこいき』参照）

＊93　そしてその後の私を信州の山の上にまで導いてきたわけで。

＊94　思いきって一本、とか言って次から次へと選び過ぎた気はしている。

『この家、売ります』の巻

穏やかな晩秋の日ざしの中、サンルームのソファベッドでうつらうつらしていたら、ふいに金縛りにあってしまった。

動けない。息が苦しい。だ、誰だ私の首を絞めるのは……！

もがきながら目を開けてみると、のどに巻きついていたのはデロ〜ンと長く伸びた麦だった。胸の上にはもみじ。おなかの上にはかすみ。足の間ではつららが丸くなっている。夏の間は暑がってそばに寄りつきもしなかったくせに、ゲンキンといおうか素直といおうか、まったく、たまのうたた寝くらいゆっくりさせてもらいたいもんである。

でもまあ、うたた寝の醍醐味《だいごみ》というのはむしろ、ゆっくりさせてもらえないところにあるのかもしれない。ああこんなことしてる場合じゃない、起きなくちゃ、でももうちょっとだけ……みたいな状態って、すっごく気持ちいいもの。

〈自由業なんだから、うたた寝くらいそれこそ自由にできるでしょ〉

とお思いの方もおいででしょうが、それがそうでもないんである。[*95] 田舎で暮らしていこうと思うと、本業以外にも、避けては通れない瑣末《さまつ》な作業がわんさとあるのだ。冬へと向かう畑の世話や、寒さに弱い植木の保護、果樹の剪定《せんてい》や、腐葉土にする落ち葉拾い、それに薪の確保……。

そういう作業に〈〆切〉はないけれど、そのかわり、自分の作業の期限は自分で決めなければならない。自然は、原稿を催促する編集者に輪をかけて残酷だ。どんな理由があろうと、どんなに頼もうと、決して待ってくれない。

畑が広ければ広いほど、あるいは動物がたくさんいればいるほど、必要な作業は増え、自由になる時間は少なくなっていく。

でも――。

たとえそうなることがわかっていても、私たちは農場を作りたかった。

今よりももっともっと、自分たちが心地いいと感じるものに囲まれた暮らし。作物を育て、卵を集め、稲を刈り取る、要するに自分の口に入るものがどこから来るのか目に見える暮らし。*96 五匹の猫たちや馬のジャックやニワトリやウサギなど、愛する者たちがいつでもすぐそばにいてくれる暮らし。私たちにとって心地よいことが、同時に、私たちを取り巻くさまざまな〈いのち〉にとっても心地よいものになるとしたら、そんなに素敵なことはないように思えた。

房総半島というのは、じつはとても山深い。こういう地形の中で、馬がのびのび飼えるくらい広くて平らな土地を見つけるのが難しいのはわかっていたけれど、私たちはできることなら鴨川からあまり離れたくなかった。何といっても気候がいいし、海はきれいで魚がおいしいし、それに海岸線が長い。砂浜を『暴れん坊将軍』みたいに馬で走るには絶好のロケーションなのだ。でも、

〈二千坪以上でしかも冗談みたいに安い土地〉

となると、宅地ではあり得ない。たぶん山林か原野ということになるだろうが、そういう土地には電気も水道もきていないから、すべて自前で引いてこなければならない。土地そのものは坪あたり数千円と本当に冗談みたいに安くても、住めるように整えるために後からかかる費用がバカにならないんである（なんでそんなことを知っているかというと、今住んでいるこのログハウスが建つ土地がまさにそうだったからであります）。

正直言って、先立つものはない。本が百万部売れて大儲け、なんて見通しもさらさらない。[*97]

でも、夢を夢のまま終わらせるつもりがないのなら、ぐずぐずしてなんかいられない。ちょっとやそっと無理をしてでも、自分の力を信じられるうちに——体力、精神力、あるいはおそらく残されているであろう持ち時間などにまだ余裕のありそうな今のうちに、思いきって始めなくちゃ。今始められないなら、きっと三年たっても五年たっても始められっこないのだから。

そんなわけで、私たちはとうとう、自分でも無謀と思える第一歩を踏み出したのだっ

た。現実なんか置いてきぼりでふくれ上がっていく夢の重みに、よたよたふらつきながらも。

　さて、相方のM氏が、朝から不動産業者に電話をかけ始めた、その午後のことである。どこへ行くとも言わずに軽トラで出かけていった彼が、小一時間ほどで戻ってきたと思ったら、それきり庭の切り株に座って何やらぼんやりしている。どうかしたのかと訊いてみると、彼は大きなため息をついて言った。

「アタマ冷やしてんの」

　……ずいぶん珍しいことを。

「いや、なんか嘘みたいな話なんだけどさ。あそこって、俺らの理想の場所じゃないかって気がする」

　耳を疑った。というか、冷やし中の彼のアタマを疑ってしまった。数年がかりでも本当に納得のいく場所を探そうね、と話し合ったはずなのに、今朝探し始めたばかりでいったい何を言いだす？

「いや、わかってんだけどさあ。俺も自分が舞い上がってるだけかと思って、落ち着いて考えようとはしてんだけど、考えれば考えるほど、あんなとこほかにないような気がしてきて……」

「だから、あんなとこってどこ」

今見てきたとこ、と彼は言った。三軒目くらいに電話した地元の不動産業者が、条件に合うところが一か所だけあると言ってさっそく案内してくれたのだそうだ。

そこまで言うなら、私だって見てみたい[*98]。

半信半疑で連れていってもらってみると、そこはなんと、今住んでいる家からたった五キロほど離れただけの山の中だった。彼は途中から軽トラを四駆に切り替えて、石がごろごろした坂道を登り始めた。

「この道ももう、敷地の一部でさ」

坂を上がりきると一段目の平地があり、その上にもう一段、平らな土地が広がっていた。

マムシ怖さに長靴に履き替え、すぐそばの高台によじ登って見おろす。全体はゆるやかな山の斜面の一部なのだけれど、元の持ち主が一度は整地を試みたらしく、それぞれの段はほぼ平らだった。ただし、誰が捨てたのか、あちこちに瓦礫《がれき》の山がある。分厚いコンクリートブロックや、土管や鉄骨、はがしたアスファルト、壊れて錆《さ》びさびの巨大なショベルカー。おまけに、それらを覆いつくすような勢いで、ガマの穂やアシといった水生植物がびっしり生い茂っている。端を流れる小川があふれて、湿地のようになってしまっているのだ。

見渡せば、あたりは田んぼばかりだった。よっぽど水のたまりやすい土質なのだろう。この土地を一から開墾《かいこん》して農場を作って、家を建てる……？　てこずることは目に見えている。こんなところをわざわざ欲しがる人間なんて、よほどの物好きか仙人くらいだろう。

それでも、私には、相方がここを「理想の場所」と呼んだ理由がよくわかった。

南に大きくひらけた、横に長い土地。ここより上には人家がないから水はきれいだし、プライバシーも保てる。近くの山のふところは深く、遠くの稜線は美しく、空はぽっかりとひらけ、そして何よりも風がいい。

業者から渡された図面を広げてみると、土地全体の輪郭はまるで翼をひろげた白鳥のような形をしていた。まっすぐ伸ばした首の部分が、いま登ってきたあの坂道。片方の翼が下の段で、もう片方が上の段。全部合わせると三千坪近くにもなるそうだけれど、その数字よりも、こうして見おろしている実際の土地のほうがもっと広く見える。何しろ、いっぺんに視界におさまりきらないのだ。端から端まで見渡すのに首をぐるりと動かさなければならない。

これだけ広けりゃ一生かけていろいろ遊べるよなあ、と、半ば茫然《ぼうぜん》としながら私は思った。たぶん、二人で面倒みるのにぎりぎりの広さなんじゃないだろうか。これより広ければ人を頼まなくちゃならなくなるだろうし、これより狭いと動物たちには窮屈だろう。北海道あたりならともかく、房総で、しかも今住んでいる家のすぐ近くでこんな土地が見つかるなんて。

（いやいやいや、落ち着かにゃ、冷静に考えにゃ）

と、思いはするのだけれど、妄想ばかりが頭の中を駆けめぐってしまってどうにも止まらない。こうなると、見たいものしか見えないし、考えたいことしか考えられないんである。

坂道にはサクランボの並木を作って、上の段はまるまる馬場にして、あのへんに畑、こっちには馬小屋。家なんか余ったところに建てりゃいい。粘土質で水がたまりやすいというなら、それを逆手にとって池を作るって方法もある。一か所に水を集めれば湿地だった土地は乾くはずだし、池があればアヒルやアイガモも飼えるし、あたりの田んぼを貸してもらえたら、そのカモたちの手を借りて無農薬のおいしいお米が作れるカモー、なんちゃって……。

調子に乗ってぽえ〜っと夢見ていると、相方が言った。

「問題は、ここが農地だってことなんだよな」

再び、耳を疑った。

農地？　そ……それじゃ、私らが手に入れるのは無理ってことじゃないか。

ふくらみきった風船が音をたててしぼんでいくのがわかった。田んぼや畑を守り、業者による土地転がしを防止するために、農地は、安いかわりに農家でなければ買えないものと法律で定められているのだ。

どうせ買えないとわかっているならどうして連れてきたりすんのよう、と責める私に向かって、彼はとんでもないことを言い出した。

「農業権、取れないかな、俺ら」

「えっ、うそ。なに、それって農家になるってこと?」

「だってさ、今だって出荷こそしてないけど、やってることは農家とほとんど同じだろ?」

……まあ、確かに、と思ってみる。……ふうむ、なるほど。[*99]

でも、いざ調べてみると、言うほど簡単なことではないのだった。

初めて知ったのだけれど、一般の人間が農地を手に入れてまじめに農業を始めようと思い立っても、その農地がある一定以上の広さでなければ購入は認められないし、そこに住もうと思えば、敷地と境界を接する畑や山の地主さんたち全員からそれぞれ同意書を取り付けなくてはならない。当然、広いぶんだけ、その人数は多かったりする。おまけに、事業計画書だの土地利用図だの、銀行からの融資証明書だのといった膨大な書類をすべてそろえた上で、市と県の両方の審査を受けなければならないし、その果てにたとえ農業権を得て土地を手に入れることができたとしても、農地ならではの厳しい規制があって、家や小屋を建てるのにもいちいち構造や広さなどについて条件を課されるという。

すっかり意気消沈した私たちは、なんとか頭を白紙に戻そうと苦労しながら言い合った。残念だけど難しそうだね。まあ、じっくり探せばもっといい場所が見つかるかもよ。一日目であんないいとこが見つかったくらいなんだからさ。……ため息。

紹介される物件を、手当たり次第、時間があく限り見てまわった。鴨川近辺に限らず、勝浦《かつうら》や館山《たてやま》や、あるいはもっと遠くにも足を延ばしてみた。

けれど、だめだった。どうしてもあの土地と比べてしまうのだ。どこを見ても、どんなに気持ちを切り替えようとしても、やっぱりあの土地にはかなわないと思ってしまう。そうして、時がたてばたつほど、想いは薄れるどころかどんどん濃くなっていった。もしかするとこれは、運命のめぐり合いってやつかもしれない。あの土地は、ああして何年も草ぼうぼうのまんま、私たちが見つけるのを待っていてくれたのかもしれない、と。

思いこみというのは恐ろしいもんである。ある日、私たちはついに市役所へと出かけていき、農業権を申請するための書類一式をごっそりもらってきてしまったのだった。いや、そればかりか、もはや背水の陣とばかりに、今住んでいるこの家を売りに出したのだった。引っ越し先さえまだ決まっていないのに！

と、いうわけで、ただいまこの家、FOR SALEであります。[*100]
ど……どうすんだ、これから。

＊95 自由業とは、不自由業のことだ、と時々思う。
＊96 口に入るものがどこから来るかを考え始めると、しぜんに、体から出るものがどこへ行くのかについても考えるようになる。
＊97 何かコトを起こそうと考えて、先立つものがあったためしがこれまで一度もない。ずっと借金ばかりしてきた。返す気力がありさえすれば、借金だって財産だ！ といばってみる。
＊98 書きかけの原稿の〆切を気にしながら、それでも頼みこんで連れていってもらったのだった。この状態で明日までがまんするなんて、できるわけがない。楽しそうなことから先にやる。
＊99 無謀、もしくは無鉄砲という点では似たもの夫婦だったんだな、と今ごろ気づく。
＊100 本当に『LEE』誌上で募集したのでした。二組くらい見に来て下さった。

『みんなで暮らすために』の巻

まずは、嬉しいお知らせから。

その日、軽トラで買い物に出た私は、ちょっと遠回りだけれど景色のいい道を通ることにした。裏山をぐるりと回りこんで表通りへ抜ける、くねくねとした細道だ。

と、ちょうど裏へ回りきったあたりで、向こうから農家のおばあさんが竹籠を背負って歩いてくるのが見えた。冬の日だまりの中、その足もとにまとわりつくようにして小さな猫が一緒に散歩している。いいなあ、和んじゃうなあ、と思った次の瞬間、私は目を見ひらいた。あの猫、こばんじゃないの！

……そうか。そうだったのか。

これでやっと謎がとけた。以前私たちが長く家を空けていた時も、そして真珠と子別れしたきり八か月も姿を見せなかった間も、こばんはすぐそこのおばあさんの家でちゃっかりお世話になっていたのだろう。だからこそ、さんざん捜した後に再会するのはいつもこの道だったに違いない。

私の軽トラがそばを通る時、おばあさんはわざわざこばんを抱き上げてから端によけてくれた。激しく迷ったけれど、私は結局、車を止めることはせず、ただおばあさんに会釈をしただけでその横を通り過ぎた。

ちんまり抱かれたこばんの姿が、運転席の窓のすぐ外を過ぎていく。愛しくて、名残り惜しくて、眉間のあたりがつぅんと痛んで困った。

何といっても彼女は、ムラヤマ家初代の猫なのだ。猫嫌いだったM氏をあそこまでに洗脳・改造してくれた功労者であり、何より真珠を産んでくれた母親でもある。彼女がいてくれなかったら、今の子猫たちだってこの世に生まれてやしない。

これ以上スピードを落としたら止まってしまうくらいゆっくり運転しながら、私は、バックミラーの中で小さくなっていくこばんを少しでも長く見ていようとした。寂しいけれど、でもこれでやっと安心できると思った。私たちがこの先、今の家を去ってしまったら、こばんはもしもの時の行き場所をなくしてしまうんじゃないかと、それだけが気がかりだったから。

〈こばんの居どころ判明！〉

ここしばらく我が家に起こった出来事のうちで、これが最も嬉しいニュースでありました。

——ところで。問題はこの家である。

買い手がつくまで長くかかるだろうと、例の土地が手に入れられるものかどうかもわからないまま家を売りに出すという暴挙に出た私たちだったが、その予想すらも下回るほど、見に来てくれるお客さんは少なかった。

「何しろこの不景気で、さっぱり物件が動かなくてねえ」

と、業者の人たちもそろって愚痴をこぼす。

嗚呼、それなのに。ようやく見に来てくれたカモ、じゃなくてお客さん夫婦をサンルームに案内しながら、

「ここ、ガラス屋根だから冬は暖かいし、お月見に最高なんですよー。夏はホタルも舞うんですよー」

なんて一生懸命売り込んでいたら、猫用出入り口がパタコンと音をたて、もみじが本日の獲物をくわえて帰ってきた。

〈見て見て～、こんなんも獲れまんね～ん〉

……よりによって、この日もヘビ。

「頼むからよけいなパフォーマンスすんなッ」

と、あとでM氏が説教したけれど、すでに手遅れ。その晩さっそくお断りの電話がかかってきたのは言うまでもない。

あっ、ちなみにこれを読んで不安に駆られた方、どうぞご安心下さい。ヘビなんて、

猫がわざわざ獲ってこない限り、ふだんはめったに見ることないです。たまに見かけるとしても、なに、すぐ慣れます。というわけで、引き続きカモ、じゃなくてお客さん募集中。

それにしても、子猫たちときたら！　次から次へ、よくまあこれだけ悪さを思いつくものだと感心する。

ムートンの敷物は毛を引っこ抜かれて丸ハゲ、CDの山は総崩れ、本の栞《しおり》の紐《ひも》は根もとから食いちぎられ、革のソファは爪とぎでバリバリ。いたずら盛りが四匹集まると被害は四倍どころか十六倍にもなるんである。まったく、端から一匹ずつつかまえて雑巾絞りの刑にかけたくなるくらいだ。

それでも、全員ひとかたまりになって眠りこける姿や、テレビのアクション映画から銃声が聞こえるなり〈きゃあああ、敵襲、敵襲ーッ！〉と我先に逃げていく後ろ姿なんかを見ると、たとえどんなに憎たらしく思った後でもすべて水に流す気にさせられてしまうのだから、得な連中である。

相方M氏とけんかした後も、これくらい簡単に水に流せればいいのに。*101

やっとのことで私たちが農業権、すなわち農地を手に入れるための資格を取得できたのは、初めに申請書類をもらってきてからずいぶん後のことだった。

何しろ、お役所からほめてもらえたのは色鉛筆で馬やニワトリやアヒルの絵をせっせと描きこんだ『土地利用計画図』くらいのもので、肝心の書類のほうは、びっしり書きこんで提出しに行くたびに、ここが足りない、それが余計だ、あっちに不備がある、といちいち返される。途中で何べん叫びたくなったことか。

〈わかってるなら全部見てからまとめて言ってくれぇっ！〉

でもま、終わりよければすべてよし。おそらく市や県としても、農地を荒れ放題の野原のままにしておくよりは、こいつらに開墾させたほうがマシ、と考えてくれたのだろう。

「俺、名刺の肩書きに〈百姓〉って入れようかな」

と、もともと農家の出である相方は誇らしげに言った。

世の中には、お百姓という言葉は差別用語だなんて言う人もいるけれど、それって変な話だと思う。百の姓《かばね》、つまりは百もの職業《しごと》をすべて自分でこなせないと務まらない、そんなところからついた呼び名だという説もあるくらいだもの、蔑称どころか尊称じゃないですか。

そうだ、これからは思う存分、お百姓ができる。土地購入のための借金で首なんか回らないくせに、ばかみたいに嬉しくて、会う人ごとにしゃべってしまう。あのね、あのね、もうすぐ馬と暮らせそうなんです。猫と子ウサギはもう居るんですけど（↑結局もらってきた）、これから先は、犬はもちろん、いずれはヤギもアヒルもカモもニワトリも飼うつもりなんです。

「じゃあさ、ロバも飼いなよ」と、ある知り合いのおじさん[102]は言った。「力持ちだし、おとなしくて優しいし、よけいな文句も言わないしさ。俺、次に結婚するなら絶対ロバだな、ロバ」

でもそんな人は例外中の例外で、ほとんどの人はこんなふうに言うのだった。

「そんなに動物ばっかりたくさんいたら、今に作家業よりそっちが本業になっちゃって、そのうちスタッフまで大勢かかえるようなことになるんじゃないですか？」

いや、それはない。そういうのとはちょっと違うんである。

私たちが作りたいのは、あくまでも自分たちが気持ちよく暮らせる生活の場であって、誰かに見せることを前提とした観光農場じゃないから、暮らしに〈必要な〉動物しか飼うつもりはない。外国産の珍しい動物とか、人に馴《な》れた野生動物など、本来ならそこにいる必然性のない動物、いることに無理のある動物を飼うのはなんだか嫌だ。うちで暮らす動物たちにはそれぞれに、しかるべき理由があってそこにいて欲しい。[103]

ニワトリやアヒルは卵を産んでくれるし、ウサギは天然の草刈り係、同じくヤギは新鮮なミルクも提供してくれる。馬は刈り取った草を端から始末し、私たちを遠くの田んぼまで乗せていってくれる。おまけに、彼ら全員の落とし物がすばらしい堆肥となって再び作物を育てていく。

そういう生活の中では猫たちだって、ヘビを獲るよりずっと生産的な役割を担うことになるだろう。彼女らは嬉々として納屋の飼料をネズミから守ってくれるはずだし、いつか加わる予定の犬もまた、ウサギやニワトリの小屋に忍び込むイタチの番をしてくれるだろう。

それぞれの動物が、それぞれにしかできない〈仕事〉を持って、その役割を果たすことで自分の存在を誇らしく思ってくれるのがいい。そうして、彼らに必要とされることで、私たちも自分を誇らしく思えたらなおいい。

日暮れに田んぼのあぜの枯れ草を集めて燃やし、山道をジャックと歩いて戻る時、あたりには香ばしい煙の匂いが漂っていて、木々の上では鋭い声の鳥が鳴き交わす。道端の茂みに野バラの赤い実を見つけ、干してお茶にしようと夢中で摘むうち、あたりに夕闇が降りてくる……。そんなふうな自然なかたちで、一日の終わりが程よい疲れに満たされているのがいい。ふだん、紙の上でコトバをいじくりまわすことを生業としている私にとって、そういう暮らしは、自然が好きとか生きものが好きといったことを超えて、

〈生活している〉という実感を得るための、大切な手がかりなのかもしれない。

手がかり。手ざわり。そして、手ごたえ。

たとえば仕事机の上で眠りこける真珠の、すべてを預けきった無防備さ。海を見るたびに感極まって走り出してしまうジャックの、きっかり一馬力の力強さ。組んずほぐれつして遊びほうける子猫たちの無尽蔵なエネルギーや、そばを通るたびにひょこひょこ寄ってくる子ウサギたちの真ん丸な瞳、そして、季節の野菜たちの中にひそむ、動かしようのない約束ごと……。どれもこれも、時とともに移ろい消えていくはずのものばかりなのに、どうしてこんなに確かな手ごたえや手ざわりをもって迫ってくるんだろう。

もちろん、生きているものはみんな、いつか終わりの時を迎える。〈生〉と向き合うことはすなわち、〈死〉と向き合うことだ。そんなことはきっと誰もが知っている。

でも、私はそのことを、自分たちの食べる野菜を育てる生活を通して……あるいはこばんや真珠や子猫たちの真摯な営みを通して、そしてまた、彼らがくわえて帰ってくる鳥やネズミやヘビたちの死を通して、やっと実感として自分のものにできたように思う。生も死も、〈いのち〉という大きな循環の中にあって、メビウスの輪のようにくるりとつながっている——シンプルだけれど宇宙の秘密ともいえるほどのその真実を、脳みそでではなく、この体の細胞のひとつひとつで思い知らされた気がするのだ。

前に、北のほうで農場を営んでいる人の書いたものを読んだことがある[*104]。鶏やアヒルは必要な時に御主人がひねるのだけれど、豚などは解体業者に出され、肉になって戻ってきて一家のひと冬を支える。その人は、こんなふうに書いていた。いずれ食べることになる動物には、名前をつけないようにしている、と。

すごい……と思った。生きるということは、本来そういうことだったはずだと思った。いのちの循環とか何とか偉そうなことを言っていても、私にはたぶん、飼っている鶏の首を自分の手でひねることまではできないだろうと思う。つらくて怖いから、そこからは目をそむけて逃げてしまうだろうと思う。

飼っている動物を殺して食べると聞いて、つい残酷だと眉をひそめてしまう私たちは、そのじつ、誰かが代わりに殺してくれた命を食べて生きている。お店ではできるだけ〈死〉が見えないようにして売られているから、いちいち悩まずに済んでいるだけの話だ。

なんでも、人が生きものの命を奪う時の罪悪感の強さは、相手との距離や、使う道具の威力に反比例するものらしい。つまり簡単に言うと、相手を素手で殴り殺すよりは、遠くから銃で撃ったほうが気が楽だということ。人間の首を絞めて殺すことなんか絶対できない人でも、空から爆弾を投下することならできるのはそのせいだ。

でも、殺すことはできても――それこそ〈制裁〉という名の報復や、〈空爆〉という名の空襲で一瞬に大量の命を奪うことはできても、私たち人間には、アリンコ一匹作り出す力さえありはしない。どんなに科学が進歩しようと、命を一から作り出すことはできやしないのだ。

命を産み出そうとするとき私たちにできるのはただ、ほかのすべての生きものと同じように、〈ヒト〉という種の生きものとして次の世代を産み落とすことだけ。そして、生まれ落ちた命を大事に育むことだけだ。

ちなみに、我が家にはどうやら、ヒト科の子どもは生まれそうにないけれど、ありがたいことに、育てていかなければならない命はうじゃうじゃいる。おまけにこの先もまだ増える。

と、いうわけで、このコらにおなかいっぱい食べさせ、みんなで一緒に暮らしていくためには、相方も私もここらで根性入れ直して頑張るしかないんであります。ふう。

いつか、子猫たちにジャックを引き合わせる時のことを想像してみる。チビたち、どうせまた我先に逃げ出すんだろうな。

〈きゃーっ恐竜だ恐竜だ、きゃーっ！！！〉

ともあれ――ムラヤマ家の農場移住計画は、今ようやく始まったばかりです。

続きのご報告は、またいずれ、どこかで。

＊101 今読むと、なんも言えねえ……。

＊102 加藤登紀子《かとうときこ》さんのパートナー、亡き藤本敏夫《ふじもととしお》さんのひらいた「鴨川自然王国」でスタッフをしている方だった。うちより山奥だけれどそのぶん美しいところだった。

＊103 昔、漠然とあこがれていたムツゴロウさんの動物王国とは違うところを目指したいと、明確に思うようになっていた。

＊104 「アリス・ファーム」を営む、宇土巻子《うどまきこ》さんと藤門弘《ふじかどひろし》さんの本。後に一度お訪ねしたこともある。素敵なご夫婦だった。

起きてる間は いちばん引っこみ思案、
寝ている間は いちばん 野放図。
ここから十七年たつと、四六時中
~~エラそうな~~ ~~へんくつな~~ ~~わがままな~~
たいへん高貴で美しい天使のような
猫になります。げほんげほん。

GOODYEARの古タイヤにたまった
雨水をよく飲んでいた もみじ。
私にとっては、お前といられた日々こそ、
最高の GOOD YEARS だったよ。

家庭犬としての訓練を受けた
シェパードのカムイくん。
ジープの後ろに彼を乗せて
海へ行くのが大好きだった。
人生でもう一度会いたい犬といえば彼。

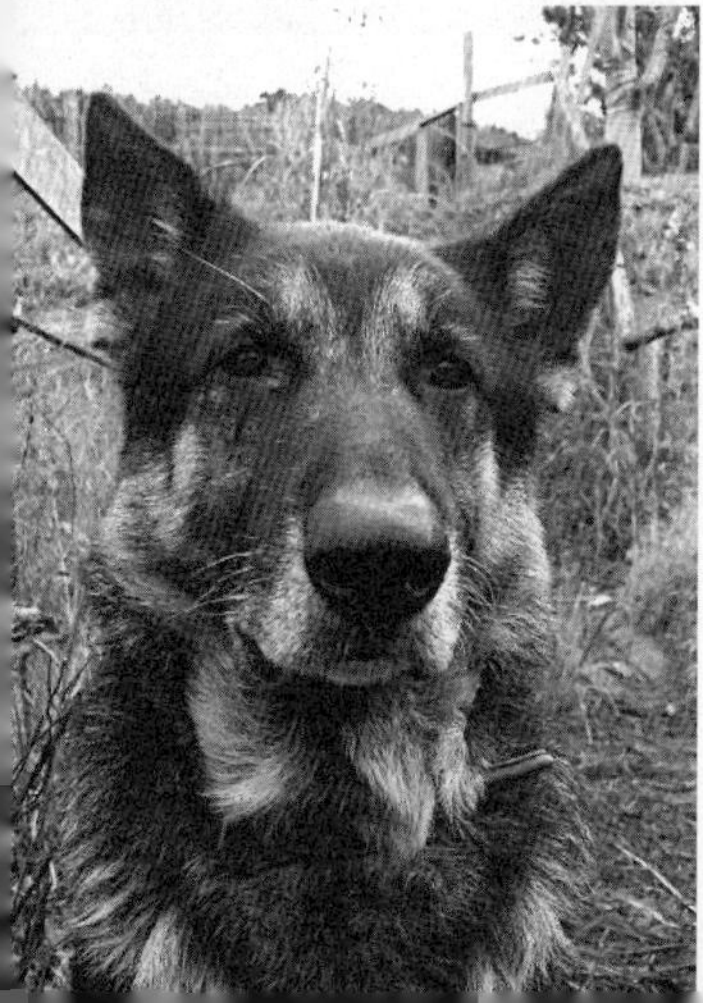

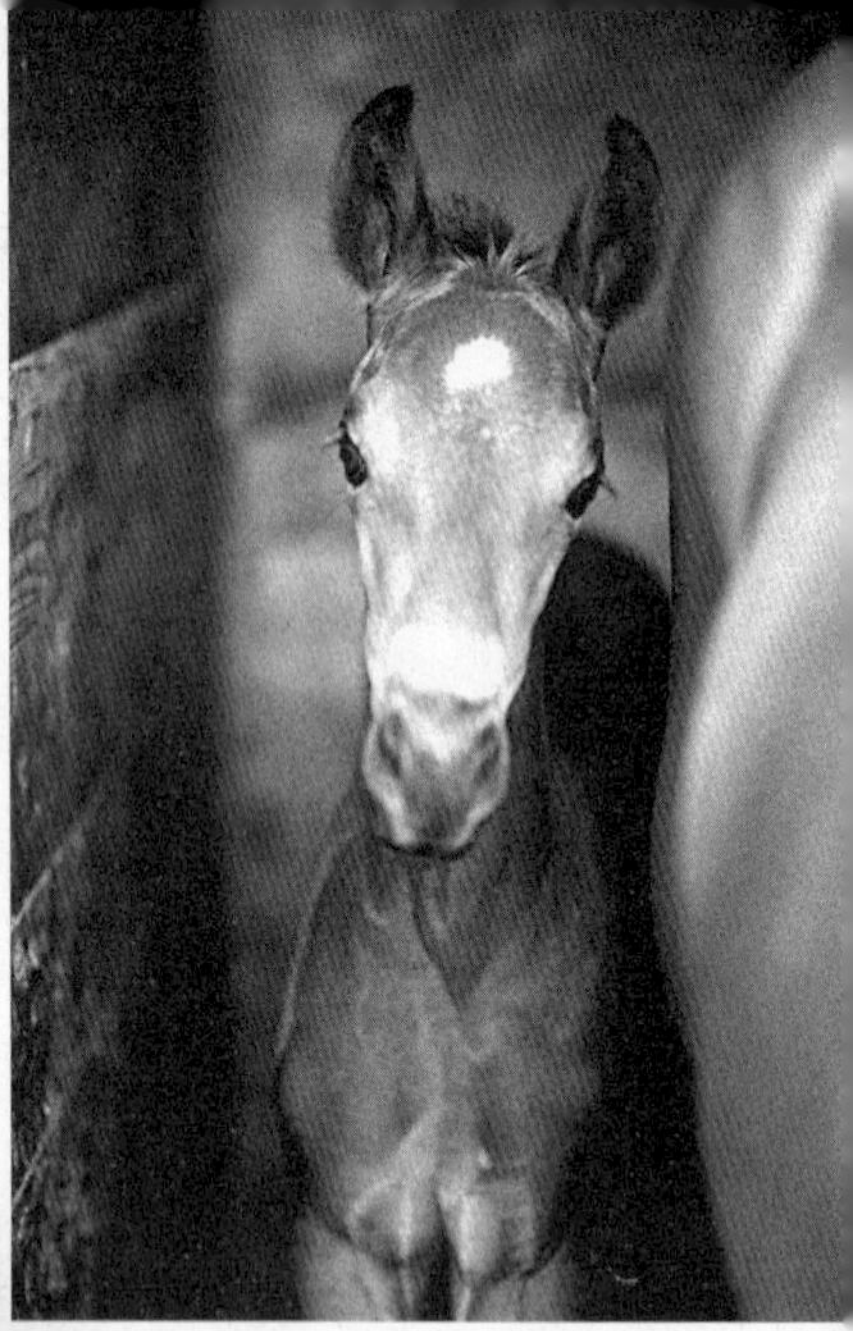

ようやく完成した農場の馬小屋で、
のちに ジャックも 元気な子馬を
産み落とした。綱をつけなくても
ずっと 後をついてきたし、犬や猫たちとも
仲良しだった。
あの日々は今思っても、ひとつの理想の
暮らしではあったのだ。

ロップイヤーのゆきちゃん。
こう見えて、暴れん坊。
たくさん子ウサギを産んでくれました。

とりあえずの　おわりに

　こばんの娘・真珠が家族に加わってからというもの、旅をする機会がぐっと減り、子猫たちが生まれてからはますます家を空けられなくなり……たった二年半ほどの間に、我が家のライフスタイルはずいぶん変わりました。いえ、変わったのは私たち自身だったのでしょう。愛するものに縛られる不自由さもまた幸せと思うようになりましたから。

　この『晴れ　ときどき猫背』は、既刊『海風通信　カモガワ開拓日記』[*105]（田舎暮らし事始めについてのエッセイ集）の、いわば続編にあたります。どうして縁もゆかりもなかった鴨川で暮らすようになったのかとか、どうやって山を伐りひらいて畑を作り今のこの家を建てたかとか、鴨川にはそもそもどんな魅力があるのかとか、あるいはまた、海での遊び方、庭仕事の楽しみ方、自家製味噌《みそ》の作り方、それに実家のゴールデンレトリーバー〈ドン〉の起こした「入れ歯事件」……などなどについては、そちらをお読み頂けると嬉しく思います。

　『海風通信』の時もそうでしたが、雑誌に連載されたエッセイを一冊にまとめるにあたって、今回もまたあちらこちらを書き足しました。枚数に制限のある雑誌では書ききれなかった出来事も、そこに書ききれなかった思いも、です。

ただし、連載中にリアルタイムで起こったことに関する部分には、あえて手を加えませんでした。その時々に選んだ言葉のほうが、ほんものなのではないかと思ったからです。[*106]

さて、ここでちょっとだけ、連載終了後から今現在にかけてのことをご報告しておきますね。

ようやく農業権を取得できたおかげで、例の土地も何とか手にいれることができ、今、私たちは暇を見つけてはそこへ通って、農場づくりを進めています。夢へ向かって着々と……と言いたいところですが、何しろ作業員はたった二人しかいないし、それぞれ別に仕事はあるし、畑の世話もあれば今年から田んぼも始めたしで、実際の作業は遅々として進まず。ついつい焦ったり苛立ったりしそうになるたびに、

〈ちょっと待った〉

と自分をたしなめています。気持ちよくのびのびと暮らしたいからこそ始めたことなのに、そのためにイライラしていたのでは本末転倒ですもんね。

でも、そうして毎日少しずつでも何かをして、それが一か月、三か月、半年、と積み上げられていくと、風景は徐々にですが変わっていくものです。

あれほど草ぼうぼうの湿地だった土地に、今は、ザリガニや金魚や鯉《こい》のうようよいる大きな池と、そこそこの広さの畑ができ、何本かの雑木と果樹とオリーブなどの苗木が植わり、干し草用の牧草やハーブも茂り、ウサギたちの住む草葺《くさぶ》き屋根の小屋（巨大な味噌樽を逆さにしたもの）と、彼らの走りまわれる囲いができ、まだ空き家ですがニワトリ小屋が建ち、そして、いちばん端には未完成の馬小屋が建っています。どことなくサンタフェ風？　といった感じの建物をイメージして私が広告の裏に描いた図面をもとに、相方が昔の木の電柱を何十本も使って、たったひとりで建てました。私は、横からあれこれイチャモンを付けつつ、漆喰《しっくい》やペンキを塗る係です。もうじき、いよいよ馬もやってくる予定。

ちなみに、ここにはまだ自分たちが暮らす家は建っていません。うちでは人間より動物たちのほうがエライので、資金ぐりが苦しい場合、彼らの住居のほうが優先されるのです。ついでに言えば、いま住んでいるこちらの家もまだ売れていません。というわけで、引き続きカモ、じゃなくてお客さん募集中[*107]。

それにしても――。

もしも初めに猫と暮らすようにならなかったら、馬を引き取って農場を作るなんて考えは頭にも浮かばなかったことでしょう。あの頃はまだ、自分たちの自由をほんの少しでも明け渡すことに対して、恐れにも似たようなためらいがありましたから。

それが、あれよあれよという間に一匹の猫が五匹に増え、ウサギが増え、馬が増え、子馬が増え、池には魚が増え……。

おまけに、おーまいがっ！　つい一昨日の夜のことです。農場予定地の坂の下に、小さな段ボール箱がぽつんと置かれていて、何かと思ったら中にはなんと、ようやく目があいたばかりの四匹の真っ白な捨て猫が……。

いったいどこの大馬鹿野郎だ、ひどいことしやがって！　と、相方はカンカン。もしかすると、〈ここんちだったら馬まで飼おうってくらいだから猫の一匹や二匹や三匹や四匹育ててくれるだろう〉なんて思われてしまったのかもしれませんけど、うーむ、しかし弱った。真珠一家との同居だけでも、すでに〈家じゅうどこへ行っても猫がいる〉的生活になってしまったというのに、このうえまた四匹も増えたら、うううううむ……。やっぱり、「五匹も九匹も同じじゃんよう」というわけにゃいかんでしょうよ。

だからといってまさかそのままほうっておくわけにもいかなくて、とにもかくにも連れて帰り、まずは体じゅうを走り回っていたノミを残らず退治してやりました。

真珠のお産の時のように仕事部屋にカゴを置き、でも今回真珠のお乳は出ないので、代わりに私が猫用の粉ミルクを溶いては人肌の温度に冷まして授乳してやる羽目に。どのコもあんまり口が小さすぎて、小動物向けの哺乳瓶の乳首さえくわえられないため、苦肉の策で、スポイトの先にメイク用のコットンを巻いて吸わせてやっています。ミルクをちゅくちゅく吸いながら、私のてのひらを両手で揉《も》みしだく姿はそりゃもう可愛くて、そうしながら薄青い目でじーっと見つめられたりするとなんだかもう胸が苦しくなるくらいなのですけれど——でも正直、思ってもみませんでした。四つ子の〈子育て〉がこんなに大変だなんて。何しろ子猫って、自分ではおしっこもできないんですよ。ミルクを飲む前と後に、お湯で濡らしたティッシュでお尻のところをちょいちょいと軽く撫でてやると、初めて、ちー……とおしっこが出てくるのです。同時に、ぱんぱんだったおなかがすーっとしぼんでいって、見るからに楽そうに。そうか、だから真珠はあんなに熱心になめてやっていたのか、と改めて納得。母は偉大なり、ですね。

これから先、このコたちが農場要員に仲間入りすることになるのか、それとも誰か可愛がってくれる人にもらわれていくことになるのかはまだわからないけれど、今はただただ、無事に育ってくれることを祈るばかりです。いつかまた、そんな様子も含めてあれこれお伝えすることができたらと思っているのですが（どこまで続くカモガワ開拓日記……）。

しかしまあ、いったいいつになったらゆったり落ち着いて暮らせるものやら。天気予報でさえ明日のことくらいはわかるというのに、ここまで出たとこ勝負の私たちっていったい……？

なぁんてぶつぶつ言いながら、けっこう開き直ってもいるのです。だって、明日のことなんてわかっていないほうが、毎日がエキサイティングですもん。

そう、まさに『人生あみだくじ』――でも、そのあみだのいちばん下はみーんな○なんじゃないかなあ、と、能天気が身上のムラヤマは思うわけであります。*108


たとえばいいことがたくさんあった日の夜、一日のあれこれを思い返しながら気持ちよく微笑んで眠りにつくのと同じように、一生の終わりに、

「あー楽しかった!」

と笑って眠りにつくことができたら――。

夢は、それかな。

To Be Continued……
カモガワより愛をこめて
二〇〇二年　村山由佳

＊105　この本はさすがに復刊も文庫化もむずかしいと思うので、興味のある方は図書館などで

探してみて下さい。

＊106　この点については、今回も同じでした。その時にしか出てこない文章というのは、たしかにある。

＊107　農場へ引っ越してずいぶんたってから、やっと売れた。あの時見にきてくれた奥さんのおなかにいたお子さん、今ではもう成人してる頃なんだなあ。

＊108　そして今なお、そう思っているわけであります。能天気に加え、こりないムラヤマ。コメントも無事、煩悩と同じ百八つとなりました。

二〇一九年のあとがき　～そして、もみじへ

十年ひと昔とするならば、おおかたふた昔前の私の日常はこんなふうだったのだ。ふり返れば、たしかに、あの頃は若かった……と呟かざるを得ない。

まず、文章が跳ねている。気力も体力も充分だし、今ほど仕事に追われてもいなかったから、日々の生活に思うさま手間をかけることができた。そしてこれは言っても詮ないことながら、出版業界全体が今よりは元気だった。逆に言うと、常識的なペースで本を出せば何となく生活することができていたからこそ、仕事に追われずにいられたのだと思う。

坂の下に捨てられていた四匹の子猫たちは、その後、農場でのびのび暮らすこととなった。全員がほぼ真っ白で、頭や背中にほんの小さな点々模様があるだけだったから、名前はそれぞれ〈しずく〉〈あられ〉〈みぞれ〉〈まわた〉。

馬小屋の端に作ったクラブハウスで彼らがカリカリをもらっていると、近所の外猫や野良猫たちも集まってくる。そのうちには、家の中を中心に暮らしていたはずの真珠の子どもたちまでが、馬小屋で寝起きするようになった。

この当時の暮らしは、『楽園のしっぽ』というエッセイに詳しい。読んで頂けるのな

ら、できれば文春文庫版を、と思う。文庫だけのあとがきには、地上の楽園のように思って魂をつぎ込んで作りあげた農場を私が飛びだしてしまうところまで、正直に書かせてもらっているからだ。

しかしそもそも、私が子どもの頃から憧れていた農場暮らしを形にすることができたのは、この本にさんざん登場してきた〈M氏〉がいてくれたおかげ、という部分も大きかったろう。愛猫もみじとの約十八年間をつづった『猫がいなけりゃ息もできない』に〈旦那さん一号〉として登場する彼は、何しろ倹約家にして堅実なひとであったから、一緒に生活するのには窮屈なところもあった。けれども、彼があの当時きっちりお財布を預かってくれていたからこそ、私は人間的に底の抜けたバケツみたいな状態でいても、他人に騙《だま》されたり、おかしな借金を作ったりしないで済んでいたのだ。今ならそれがわかる。

彼がどこでどうしているかは確かめていない。私が家を出て東京暮らしをした後、現在の住まいである軽井沢に越してきた頃にはまだ連絡を取り合うこともあったけれど、いつのまにか疎遠になってしまった。たぶん、それが自然なことなのだろう。もしもいつかどこかで会うことがあったなら、せめて、ごめんね、と、ありがとうね、を伝えられたらと願う。

我が家で生まれた四姉妹の母親〈真珠〉はその後、いよいよ子猫たちとの折り合いが悪くなり、いつしか出ていってしまった。どうやら彼女も別宅を見つけたらしい。

さらに、農場暮らしを始めてからは、猫たちの入れ替わりはますます頻繁になった。〈かすみ〉あるいは〈麦〉が不在がちだな、などと思っていると、やがて馬小屋にさえ帰ってこなくなり、ふとした時に、家からずいぶん離れた民家の縁側で見かけたりする。今はどうだかわからないけれど、少なくともあの当時、温暖な田舎の里山において、猫が自由に縄張りを闊歩《かっぽ》するのはごくあたりまえのことだったのだ。

そんな中、〈もみじ〉だけが私にとって特別の唯一になったのにはきっかけがある。

生まれつき怖がりで用心深かった彼女は、私たちがイタチよけに大きなシェパード犬を飼い始めたとたん、帰りたくてもなかなか家に帰ってこられなくなってしまったのだ。フェンスは張り巡らしてあるから襲われる心配などないのに、吠《ほ》え声を聞くだけで足が竦《すく》むらしく、田んぼの畦《あぜ》の高台から一日じゅう我が家を見おろしながら近づくこともできない。あんなに何日も遠出するくらいなのだから、庭をぐるっと大きく迂回《うかい》して帰ってくればいいものを、そういう知恵は働かないのか、それともフェンスを跳び越えて襲ってくるとでも思っているのか……。

いかな南房総でも、冬は寒い。それなのに馬小屋にさえ近寄れず、敷地のいちばん奥にある重機小屋、パワーショベルの運転席で丸くなって寝ている彼女を見つけた私は、とうとう抱きあげて連れて帰り、仕事部屋のソファに座らせた。

そうして、こんこんと言って聞かせた。

「ねえ、もみちゃん。もうさ、あんただけ、おうちの中の子になりな。一日じゅう、ここでぬくぬく一緒に過ごせばいいよ。ね？」

わかったのかどうなのか、以来、彼女は猫用出入り口から外へ出ることもなくなった。もみじ、三歳の冬のことである。


ぱさぱさだった毛並みは、ひと月もするとつやつやになった。子どもの頃はくっきり分かれた三毛だったのに、身体が大きくなるとともに色味が全体に薄まって、ますます美しくなった。

私が始終話しかけるせいか、たいていの言葉は通じたし、彼女のほうも口数が増えて、あれやこれやと下僕に要求するようになった。

寝室にだけは旦那さん一号の意向でどうしても入れてもらえなかったけれど、もみじはそれ以外の時間をずっと私のそばで、たいていはぴったりと親密にくっついて過ごした。――そう、ついこの間まで。

自分自身よりも大切な存在とめぐり合えたのは、きっと幸せなことなのだろう。たとえそのおかげで半身をもがれるような苦しみを味わったとしても、そしてそれが一年あまり過ぎた今でもまだ鮮やかにぶり返す痛みだとしても、だったら最初からもみじに会わないほうが良かったかと訊かれたら、私は瞬時に否定する。喪失感の大きさはそのまま、もみじへの想いの深さだと確かめられるから、痛みさえも愛しい。

まったく思いがけないことだったけれど、Twitterでの呟きをきっかけに彼女のことを愛して下さる方たちが増え、今や書店には、もみじが表紙を飾る本が何冊も並ぶようになった。なんてありがたいことだろう。

〈死とは、人々の記憶から完全に消えること〉

という言葉がある。

それが本当だとするならば、もみじは今もなお、いや、生前よりもぴっちぴちの姿で生きているということになりはしないだろうか。

最後に――もみじへ。届くかどうかはわからないけれど、言わせてほしい。

私のところに生まれてきてくれてありがとう。

こんな不出来なかーちゃんを愛してくれてありがとう。

あんたは、永遠に、私の唯一だよ。

二〇一九年五月　もみじの誕生月に

村山由佳

このころはまだ、お互いがどれほど
特別な存在になるかわかっていなかった。
いや、もしかするともみじだけはちゃんと
知っていたのかもしれない。
子猫なのにやけに大人びた目を
してるもの。

このもみじを撮った時のことをよく覚えている。
四畳半に射す西陽。輝く彼女の柔毛。
とても尊いものを目のあたりにしている気がして
見とれていると、彼女もまたずいぶん長いこと、
どこか高いところを見つめ続けていた。
いつか行く場所、だったのかな。
私たちすべての者が。

本書は二〇〇二年に集英社より刊行された単行本
『晴れ　ときどき猫背』を大幅に加筆修正し、増補改訂版
として二〇一九年五月、『晴れときどき猫背　そして、
もみじへ』に改題し、ホーム社より刊行されました。

初出　「ＬＥＥ」二〇〇〇年八月号〜二〇〇一年十二月号

本文デザイン　望月昭秀（ＮＩＬＳＯＮ）
本文写真　村山由佳

村山由佳の本

猫がいなけりゃ息もできない

人生の節目にはいつも猫がいた――。なかでも特別なのは人生の荒波を共にわたって来た〈もみじ〉十七歳。最愛の猫と過ごした最後の一年。魂がふるえる感動の猫エッセイ。

集英社文庫

村山由佳の本

おいしいコーヒーのいれ方 Ⅰ〜Ⅹ

彼女を守りたい。誰にも渡したくない。高3の春、年上のいとこのかれんと同居することになった勝利。彼女の秘密を知り、強く惹かれていくが……。切なくピュアなラブストーリー。

集英社文庫

村山由佳の本

おいしいコーヒーのいれ方

Second Season Ⅰ〜Ⅸ

鴨川に暮らすかれんとなかなか会えず、悶々とした日々をおくる勝利。それぞれを思う気持ちは変わらないが、ふたりを取り巻く環境が、大人になるにつれて、少しずつ変化してゆき……。

集英社文庫

村山由佳の本

放蕩記

愛したいのに愛せない——38歳、小説家の夏帆は、母親への畏怖と反発から逃れられずに生きてきた。大人になり母娘関係を見つめ直すうち、衝撃の事実が。共感と感動の自伝的小説。

集英社文庫

集英社文庫

晴《は》れときどき猫背《ねこぜ》　そして、もみじへ

2021年9月25日　第1刷　　定価はカバーに表示してあります。

著　者　村山由佳《むらやまゆか》
発行者　徳永　真
発行所　株式会社 集英社
東京都千代田区一ツ橋2-5-10　〒101-8050
電話　【編集部】03-3230-6095
【読者係】03-3230-6080
【販売部】03-3230-6393（書店専用）
印　刷　大日本印刷株式会社
製　本　大日本印刷株式会社

フォーマットデザイン　アリヤマデザインストア　　マークデザイン　居山浩二

本書の一部あるいは全部を無断で複写・複製することは、法律で認められた場合を除き、著作権の侵害となります。また、業者など、読者本人以外による本書のデジタル化は、いかなる場合でも一切認められませんのでご注意下さい。

造本には十分注意しておりますが、印刷・製本など製造上の不備がありましたら、お手数ですが小社「読者係」までご連絡下さい。古書店、フリマアプリ、オークションサイト等で入手されたものは対応いたしかねますのでご了承下さい。

© Yuka Murayama 2021　Printed in Japan
ISBN978-4-08-744293-9 C0195